마지막 은둔의 땅, 무스탕을 가다

백경훈 글, 이겸 사진

MUSTANG

호미

마지막 은둔의 땅, 무스탕을 가다

처음 펴낸 날 | 2006년 1월 20일
두번째 펴낸 날 | 2006년 2월 20일

글쓴이 | 백경훈
찍은이 | 이겸

편집 | 홍현숙, 조인숙, 박지웅
펴낸이 | 홍현숙
펴낸곳 | 도서출판 호미

등록 | 1997년 6월 13일 (제1-1454호)

주소 | 서울시 마포구 서교동 339-4 가나빌딩 3층
편집 | 02-332-5084
영업 | 02-322-1845
팩스 | 02-322-1846
전자 우편 | homipub@hanmail.net

디자인 | (주)끄레 어소시에이츠
필름 제판 | 문형사
인쇄 | 중앙 P&L
제본 | 성문제책

ISBN 89-88526-53-8 03810
값 | 18,000원

ⓒ 백경훈, 2006
사진ⓒ 이겸, 2006

호미 생명을 섬깁니다. 마음밭을 일굽니다.

마지막 은둔의 땅, 무스탕을 가다

MUSTANG

내 안의 인간을 찾아서

새벽에 문득 잠에서 깨어났다.

언젠가 보아 두었던 선문집의 한 구절을 찾아 들었다.

"꽃은 밤을 새워 피워야 하나니(花須連夜發)."

꽃잎 하나로 제 우주를 열기 위해 꽃은 밤을 다툰다.

어둠과 싸우고 찬 이슬에 몸을 떠는 것이다.

2004년 8월 10일. 나는 사진작가 이겸 씨와 함께 오지의 나라 네팔로 향했다. 네팔의
중북부, 히말라야 뒤편의 옛 왕국, 무스탕Mustang을 찾아가기 위해서.

무스탕은 티베트 남쪽과 국경을 마주한 고원, 협곡의 땅이다. 한 해 내내 강풍이 부는
거친 땅이다. 해발 4,000미터를 넘나드는, 외지인은 숨쉬기도 곤란한 땅이다.

그렇게 험하고 먼 곳을 나는 왜 찾아갔을까.

평론가 김주연金柱演 선생은 평론집, 「상황과 인간」의 서문 말미에 이렇게 썼다.

"세계의 이원론二元論을 인간 내부에서 찾고 그 갈등과 극복을 인간 자신의 능력-눈
물의 능력, 웃음의 능력을 통해 찾아보려는 것이 나의 생각이다. 나의 자를 가지고 오랜
혼란의 굴레에서 탈출하고 싶다. 비록 그것이 실패로 끝난다 하더라도 세상은 나를 위
해 조금은 넓어지지 않겠는가."

혼란에서 벗어나고 싶었다. 내 속에서 간단없이 나를 흐트러뜨리는 미움, 슬픔, 질투, 분노, 절망 따위의 분심忿心들과 근원적으로 마주하고 싶었다. 그것들의 집산集散에 다름 아닌 내 안의 인간과 다투어 새 활로를 열고 싶었다.

무엇이 인간인가, 무엇이 완성인지를 끊임없이 묻고 있는 나의 생生은 고단하다. 술에 진탕 취한 한밤중이든, 고요히 찻잔을 쥔 새벽이든, 인간의 본질과 대면하는 나의 생은 곤혹스럽다. 그러한 생을 '철선鐵船'에 얹고 시간을 역류해 갔다. 아직 훼손되지 않은 '태고'의 땅에 잠입해 들어갔다. 그 곳에서 저 분심들을 향해 다가갔다. 한 걸음 더 들어가, 한 걸음 더 탈출을 시도했다.

거칠고 황량한 곳. 동시에 휘황하게 아름다운 '은둔의 땅.' 그 안에서 출렁이던 스무 날 낮과 밤,

행동의 끝까지
희망의 끝까지
열정의 끝까지
절망의 끝까지

밀란 쿤데라, "시인이 된다는 것은" 중에서

가 보려는 것이 나의 절박한 바람이었다.

순수 원형의 땅, 그 곳 모든 것들 속에 존재하는 '신神'과 함께라면 그것이 조금은 가능하리라 생각했다.

무스탕을 다녀온 지 꼭 1년. 이상할 만큼 생생하다. 허파가 터질 듯한 헉헉 숨, 납덩

이를 매단 듯 질질 끌던 걸음, 신비경 같은 초자연의 풍광들, 그리고, 그들에 얹혀 웃고 울며 주고받았던 문답들이 바로 지금의 일인 양 머릿속에서 절절 끓는다.

　　오호라 '신의 땅(Land of LHA)',
　　무스탕 천공天空.
　　내 안의 인간을 찾아 나선 그 안에서 나는 '신'과 동행하였는가.

　　하여, 나의 밤은, 지금, 내 안의 인간과 화해의 꽃을 피우고 있는가…….

　　졸필 원고를 인내로 기다리며 책으로 엮어 준 도서출판 호미 홍현숙 대표께 심심한 감사의 말씀을 올린다. 거친 곳으로 흔쾌히 동행해 주었던 이겸 사진작가에게도 두터운 고마움을 전한다.
　　하늘에 계신 어머니, 그리고 든든한 후원자인 아내에게 이 책을 드린다.

　　2005년 겨울, 백련산 자락 우거에서
　　백경훈

차례

프롤로그 | 히말라야의 주술

마지막 은둔의 땅, 무스탕을 가다

미소

에필로그

프롤로그 | 히말라야의 주술

삼년 짝사랑

어느 날 우연히 만난 사람 또는 사물 하나가, 한 사람의 운명에 크게 영향을 끼치거나 아예 그 행로를 송두리째 바꿔 버리는 경우가 있다.

광고대행사에서 일하고 있던 1994년 어느 날, 회사 자료실의 비디오테이프 하나가 그 날 따라 눈에 띄었다. 네팔을 소개하는 홍보용 테이프였다. 몇백 개나 되는 것 중에서 우연히 눈에 든 것이었다. 그것이 어떤 '운명'이었을까. 무심결에 테이프를 뽑아서 VTR에 넣고 틀 때만 하여도 마음 한 구석에는 어쩌면 광고 촬영지로 활용할 수 있지 않을까 하는 기대도 있었을 게다. 그런데, 보기 시작한 지 얼마 되지 않아, 가슴이 주체할 수 없이 방망이질했다. 온몸이 불에 덴 듯 화끈거렸다.

히말라야!

처음은 아니었다. 더러 사진으로 얼핏 보아 넘기곤 했다. 그런데 그 히말라야의 모습을 생생한 동영상 화면으로 바라보려니 눈에서 불꽃이 일었다. 신비경 같은 그 휘황한 풍경에 온몸이 떨려 왔다. 불뚝불뚝, 핏줄이 꿈틀거렸다.

'지구상에 저런 곳이 있다니!'

질리도록 파란 하늘. 흰 눈을 이고 구름 위로 솟은 만년설의 봉우리들. 그 위로 영롱한 빛 화살을 내리꽂는 태양.

그것은 지구 어느 곳에 있는, 완전히 다른 또 하나의 세계였다.

'백색 병풍'의 히말라야 산맥!

그들은 희디흰 이마로 쨍쨍 빛을 되쏘아 내며 그들의 세계가 엄존하고 있음을 알렸고 나는 그 자력에 빨려들어갔다.

'가자, 히말라야로 가자!'

그 날부터 만년설의 히말라야는 내 가슴 속에 고열의 풀무질을 해댔고 그 온도가 날이 갈수록 높아 갔다. '사람'이 아닌 '자연물'에 대한 열망이 그렇게 클 수도 있는 것일까. 날이 갈수록 커지는 히말라야에 대한 열정은 나 스스로도 이해할 수 없었다. 히말라야는 무조건적인 그리움의 대상이 되어 늘 머릿속에서 맴돌았다.

앞뒤 잴 것 없이 가고 싶었다. 어느 날 갑자기 내 인생에 뛰어든 히말라야의 흡인력에 무작정 빨려들어가고 싶었다. 그렇지만 회사에 묶인 몸이다 보니, 현실은 히말라야 행을 그리 쉽게 허락하지 않았다. 휴가철마다 히말라야 행을 기도하였지만 모두 수포로 돌아갔다. 그로부터 세 해 뒤, 1997년 가을에야 비로소 나는 네팔행을 '감행' 하게 되었다. '3년 짝사랑' 끝에.

휴가 일정을 가을로 미루었다. 일반적인 휴가철인 7월, 8월은 네팔이 우기雨期여서 피하는 것이 낫기 때문에 9월의 히말라야를 계획했다. 앞뒤로 일요일을 넣은 장장 9일간의 휴가를 얻어, 마침내 나는 그렇게 소원하던 네팔로 향했다.

다시 심장은 세차게 펌프질했다. 드디어 '3년 짝사랑' 여행길이 중간 경유지인 방콕을 향해 구름을 뚫고 올랐다. 히말라야와의 조우를 향한 하늘 문이 내게 열렸다.

만년설, 그 아릿한

방콕 공항을 이륙한 로열 네팔 항공 기내. 승객의 반은 나와 비슷한 복색의 트래커들이고, 나머지는 네팔 사람들이었다. 술잔을 들고 이리저리 옮겨 다니는 네팔 사람들로 기내가 시끌벅적했다. 그들은 주위를 전혀 아랑곳하지 않고 양껏 목소리를 높였다. 그들의 목소리만큼 내 심장 뛰는 소리도 컸다.

'가긴 가는구나. 네팔이라는 먼 나라로 정말 내가 가고 있구나.'

세 시간 뒤면 네팔의 카트만두에 도착한다 싶으니, 여행을 꽤 해 본 터였지만, 전에 없이 가슴이 뛰었다. 흥분을 억누를 길이 없었다. 도무지 진정되지 않는 마음을 달래려

창 밖을 내다보았다. 누군가 뿌려 놓은 것 같은 양떼구름이 평화롭게 펼쳐져 있다. 구름 위에 시선을 고정한 채 생각에 잠겼다. 나는 왜 3년씩이나 별러 네팔로 가고 있는 것일까. 히말라야는 내게 무엇인가.

그런저런 생각에 설핏 잠이 든 모양이었다. 갑작스레 웅성거리는 소리에 화들짝 깨어났다. 내 좌석의 위치는 비행기 진행 방향 왼편 창 쪽. 나와 같은 편에 앉은 사람들이 좌석을 벗어나 오른쪽으로 몰려가거나 그 쪽을 기웃거리며 탄성을 질렀다. 나도 사람들 머리 사이를 비집고 내다보았다. 창 밖 구름 위로 무언가 떠올라 있었다. 삼각 깔때기 모양의 것들이 솟아 있었다. 바다 위의 섬처럼 둥둥 떠 있었다. 히말라야 설산들이었다!

'저것이 정말 히말라야란 말인가. 저들이 실제 산이란 말인가. 저 중에 에베레스트도 있고 마칼루도 있단 말인가. 얼마나 높으면 비행기 고도와 같아 보일꼬.'

보면서도 믿기지 않는 놀라운 광경이었다. 내 입에서도 우와, 우와 소리가 연거푸 터져 나왔다. 사람들의 환호성 사이로 기장의 말이 흘러나왔다. 오늘 승객들은 운 좋게도 '판타스틱' 한 히말라야를 보고 있다고.

그랬다. 더없이 환상적인 만년설의 히말라야가, 히말라야의 만년설이 초행길의 만공滿空에서 나를 맞아 주었다. 그렇게 보고 싶던 히말라야를 구름 위에서 그렇게 처음 만났다. 가슴이 뻐근했다. 고압 전기에 감전된 듯한 충격이었다. 소리라도 벅벅 지르고 싶은 심정이었다. '3년 짝사랑' 끝에 접한 그 황홀한 '첫 키스.' 겪지 않은 사람은 짐작조차 할 수 없을……. 흥분을 이기지 못해 위스키 몇 잔을 거푸 마셨다. 그러지 않아도 터질 듯한 심장이 더욱 가쁘게 뛰었다.

얼마 후, 히말라야가 구름 속에 모습을 감추자 기체가 덜컹거리기 시작했다. 비행기는 짙은 안개구름 속을 하강하고, 카트만두에 곧 착륙할 것이라는 방송이 흘러나왔다. 어서 내려가, 누구라도 좋으니 붙잡고, 기내에서 맛본 그 아릿한 첫 경험을, 그 기분을, 함께 나누고 싶었다.

네팔, 네팔사랑, 네팔병

네팔은 북부는 히말라야 산맥, 남부는 머하바러트 산맥으로 이어진 산악 국가이다. 북위 30도 아래에 위치해서 기후는 일 년 내내 따뜻하거나 덥다. 크게 보아, 9월부터 이듬해 5월까지는 건기이고, 6월부터 8월까지의 석 달 동안은 우기이다. 우기에는 열대성 장맛비가 수시로 쏟아져 내리고 거의 하루 종일 구름이 덮여 있다. 그래서 히말라야를 제대로 보려면 건기를 택하는 것이 좋다. (그렇지만 우기의 히말라야가 그려 내는 비경이 훨씬 더 뛰어나다.)

히말라야는 약 7,000만 년 전, 서로 분리돼 있던 인도아시아 대륙과 아시아 대륙이 충돌하여 해저가 융기되면서 형성된 산맥이다. 네팔은 바로 이 히말라야의 나라이다. 히말라야Himalaya의 히마hima는 눈, 알라야alaya는 거처를 뜻한다. 즉 '눈의 거처' 라는 말이다. 네팔 히말라야에는 언제나 만년설로 뒤덮인, 해발 8,000미터가 넘는 산이 에베레스트를 위시해 아홉 개나 포진해 있다.

여느 나라가 그런 고봉들을 갖고 있다면 그것만으로도 배불리 살 테지만 이 나라는 아직도 세계 최빈국 축에 든다. 그 까닭은 무엇보다도 지정학적 위치 탓이 크다. 네팔은, 북쪽으로는 티베트, 남쪽으로는 인도에 둘러싸여 내륙에 콕 들어박혀 있다. 그러니 거의 모든 물자를 인도에서 육로를 통해 조달하거나 다른 나라에서 항공으로 수송해 올 수밖에 없다. 그 때문에, 인도가 기침 한 번 하면 네팔은 아예 자리에 누워야 할 정도로 경제를 인도에 의존하고 있고, 밖으로 내다 팔 부존자원도 전무한 실정이다.

그리고 국토의 대부분을 차지하고 있는 높고 험한 산 사이를 간신히 잇고 있는 도로망은 열악하기 짝이 없다. 수도 카트만두로 통하는 도로마저도 모두 구불구불한 비포장인 데에다 그나마 비만 조금 오면 수시로 불통이다. 네팔에서 우리 나라 봉사 단체인 한국국제협력단(KOICA) 단원들을 만난 적이 있는데, 각자 임지에서 한 해에 두어 번 버스를 타고 카트만두로 모이곤 하는 그들이 하는 얘기에서 네팔의 도로와 교통 사정을 단박에 알 수 있었다.

"어휴, 이번에 나는 서른세 시간이나 걸려서 왔어요."

"그래요? 나는 마흔 시간 만에 왔는데."

아직도 시골에서는 한 집에서 적게는 네댓 명, 많게는 열 명이 넘는 아이를 낳고 있다. 그렇게 불어난 네팔의 인구 2,320만 명(2001년 기준)이 먹고 살기에 턱없이 부족한 경작지도 가난의 큰 이유이다. 농토는 태부족이고, 계단식 밭으로 개간할 수 있는 산은 포화 상태를 이미 넘었다. 근근이 먹고사는 서민들에게 저축은 꿈도 못 꿀 일이다.

게다가 정치는 매우 불안정하고 부패해 있다. 어쩌면 이것이 가난에서 헤어나지 못하는 가장 큰 이유일는지도 모른다. 군사권을 갖고 있는 왕실과 의회 민주주의가 이상하게 혼합된 정치 형태. 그 속에서 서로가 수십 년 동안 대립하는 가운데 부패한 관리들의 곳간만 차고 넘치기 때문이다. 이를 타개한다는 기치 아래 모인, '네팔 반군'이라 불리는 마오이스트들까지 합세한 괴상한 '3권 통치'는 서로 타협점을 찾지 못하고, 선량한 국민들만 골탕을 먹고 있다.

인종 또한 문제이다. 다민족 힌두 국가인 네팔은 마흔 남짓한 종족들이 섞여 살고 있다. 종족에 따라 계급(카스트)도 모두 다르다. 높은 계급일수록 부유하고 그것은 거의 영원히 대물림된다. 대도시에 사는 일부를 제외하면 계급 낮은 이들의 빈익빈은 해결될 기미를 찾을 수 없다.

지금 네팔은 정치, 경제, 사회, 문화의 모든 분야에서 우리 나라 70년대 초반이나 될까 말까 할 만큼 뒤떨어진 상태를 면치 못하고 있다. 이렇게 불안하고 혼란스럽고 가난한 나라이건만, 끊임없이 수많은 사람들이 네팔을 찾는다. 한번 보면 잊을 수 없는 히말라야가 있고, 이 곳 사람들의 순박한 웃음이 있기 때문이다.

히말라야 일대를 트래킹하는 동안 가까이서 멀리서 수시로 만나는 만년설 봉우리들. 그 설산이 자아내는 신비스럽고 상서로운 기운은 더러 마음의 상처를 갖고 찾아온 이들의 마음을 치유해 준다. 혼탁한 마음이 불에 닿은 듯 정화되고, 좁아터진 마음이 절로 활활 열리고, 잃어버린 누군가를 만난 듯한, 혹은 지난 세월에 두고 온 무엇인가를 찾은 듯한 아득한 심정이 된다. 수만 년 세월 묵묵히 솟아 있는 히말라야 설산은 또한 깊고 웅혼한 메시지를, 우리 부박한 사람들에게 쩡쩡 던진다. 그 앞에서, 사람은 그 때까지의 자신을 벗어던지고 새 삶의 원천을 마음에 담아 가기도 한다.

히말라야 자락에서 만나는 순량한 사람들. 그들의 눈동자와 미소는 참으로 순하고 맑다. 셀로판 종이 구겨지듯 신경질적이던 마음도 그들을 대하면 단번에 누그러지고 눅눅해진다.

종교로도, 이성으로도 풀 수 없는 히말라야의 초자연적인 영기靈氣. 그것이 형언 할 수 없이 거대하고 압도적인 히말라야의 마력이다. 1997년 첫 만남에서부터 나는 단박에 히말라야의 네팔을 사랑하게 되었고, 갈수록 그 안에 깊이 빠져들어갔다. 그리고 그 '사랑'은 이른바 '네팔병'으로 도졌으니 그 뒤 일곱 해가 지나도록 네팔을 놓지 못하고 있다. 어디 나뿐이랴. 네팔을 한 번 찾은 사람들은 거의 예외 없이 이 '네팔병'이라는, 병 아닌 병에 걸려, 이내 다시 네팔을 찾거나, 그러지 못하면 다시 가고 싶어 심한 몸살을 앓는다. '신神들의 거처'라 불리는 히말라야. 그리고 그 자락에서 만나는 옛적 그대로 순박한 사람들의 미소. 그것들이 일으키는 행복한 중독 현상이다. 그 때는 나도 몰랐다. 그 첫 번째 여행에서 별다른 치료약도 없는 '네팔병'에 걸렸다는 사실을.

우연인가, 필연인가

두근거리는 가슴으로 카트만두Kathmandu(해발 1,400m)에 도착했다. 잔뜩 흐린 카트만두에서는 설산을 볼 수 없었다. 숙소에서 만난 여러 사람들의 권유에 따라, 설산을 볼 확률이 가장 높다는 포카라를 향해 다음날 아침 일찍 떠났다. 포카라Pokhara(해발

900m)는 카트만두 서쪽, 버스로 약 여덟 시간 거리에 있는 네팔 제2의 도시이다.

우리 나라 70년대를 연상시키는 시외버스 터미널. 꽃술과 페인팅 등으로 요란하게 치장한 인도제 고물 버스 수십 대가 어지럽게 섞여 있다. 그 사이 사이로 찌야(네팔 식 뜨거운 차) 파는 사람, 과일 장수, 신문팔이, 껌 장수 그리고 여행객들로 대 혼잡이었다. 매표소나 버스에는 외국인을 위한 영어 안내문 따위가 전혀 없어 손짓 발짓을 섞어 가며 간신히 포카라행 버스를 찾아 올라탔다.

버스는 사람을 가득 태우다 못해 지붕 위에까지 사람과 짐을 싣고 나서야 시커먼 매연을 뿜어 대며 출발했다. "빠라빠라바," 요상한 경적을 끊임없이 울리며 버스는 가다 서다를 수없이 반복하며 카트만두 서쪽 아리랑 고개를 간신히 넘어갔다.

그 고개를 기점으로 도시 냄새는 순식간에 사라졌다. 산과 강, 길, 흙집들만 가득한 시골 풍경이 펼쳐졌다. 고개 아래 길은 제법 곧게 뻗긴 했으나 왕복 2차선이 채 되지 않는 비포장 도로이다. 곧은길을 만난 차들은 죽기살기로 마구 달렸다. 덩치 큰 버스와 트럭들이 폭 좁은 도로에서 서로 마주보고 맹렬히 달리다가 서로 마주칠 즈음이면 급히 S자로 휘어지는 곡예 운전을 해댔다. 의자 손잡이를 질끈 쥐고서 나는 되도록 길과 나란히 흐르는 트리슐리Trisuli 강 쪽으로 시선을 옮겼다. 석회색이 많이 섞여 은회색을 띤 강줄기는 금모래 반짝이는 모래사장을 끼고 굽이져 흐르고 있었다. 우리 나라의 옛적 정취가 흠뻑 느껴졌다.

트리슐리 강과 강 양쪽의 산들 그리고 도로 가에 이따금 보이는 상점들과 집들이 차 안에서 내다보이는 풍경 전부였다. 산 사이에 간혹 농지가 눈에 띄었지만 대개의 경작지는 계단식 밭들로, 등고선 모양을 이루며 줄기차게 산 위로 올라간다. 산 위에나 중턱에는 초가지붕의 2층 흙집들이 띄엄띄엄 자리 잡고 있다.

가도 가도 큰 변화 없는 길을 달린 버스가 여덟 시간 만에 포카라에 도착하였다.

버스에서 내리자마자 저마다 가이드 하겠다는 현지인들이 벌떼처럼 달려들었다. 그 중, 20대 중반의 꽤 순박한 모습의 청년과 함께하기로 했다. 그와 함께 당장 주저앉을 것 같은 고물 택시에 짐을 싣고 여행자의 거리로 향했다.

아수라장 같은 카트만두와 달리 페와Phewa 호수를 낀 포카라는 비교적 조용한 마을이다. (내 눈에는 마을로 보였지만 네팔에서는 두 번째 큰 '도시'이다.) 가이드와 함께 들어선 레이크 사이드 거리. 거의 벌거벗다시피 한 서양 트래커들과 간간이 섞인 동양인들이 흥청대고 있을 뿐 그 곳에선 코앞에 보인다는 설산은 구름에 가려 보이지 않았다.

숙소를 정하고 저녁 겸 술을 마시러 호수 바로 옆 제법 근사한 카페 마당에 자리를 잡았다. 키 낮은 나트륨 등을 밝힌 카페에서는 마침 무희들의 노래와 춤이 라이브로 진행되고 있었다. '렛 섬 삐리리(스카프는 바람에 날리고)'라는 우리 나라 아리랑 급에 해당하는 노래가 귀에 쏙 들어왔다. 멜로디가 은근히 애조를 띤 것이 우리네 정서에 잘 붙는 노래였다. 춤과 노래 속에서 네팔 전통 술 '럭시'(우리의 소주 비슷한 술)로 얼근히 취해 있을 때였다.

가이드가 내 어깨를 가볍게 흔들어 쳐다보자 그의 손이 자기 머리 뒤를 가리킨다. 무심히 그의 손을 따라 눈을 들었다.

쿵! 커다란 울림이 가슴 속에서 일어났다. 그 울림이 너무 커 사지의 힘이 다 풀릴 정도였다. 보고는 있지만 보고 있지 않는 듯한 상태에 있다가 한참이 지나서야 비로소 망막에 상이 맺혔다.

어느 새 구름 벗겨진 하늘 아래, 달 아래 흰 머리를 드러낸 설산! 무어라 말할 수 없이 기묘한 느낌을 주는 만년설을 이고 있는 거대한 안나푸르나Annapurna(해발 8,091m) 산군! 손을 뻗으면 바로 닿을 듯한 거리에서 황홀한 모습으로 내 눈 가득 들어왔다.

거짓말 같다. 그 큰 몸체의 절반쯤이 달빛을 휘감으며 거짓말처럼 솟아 있었다. 있어도 있는 것 같지 않고, 보아도 보는 것 같지 않은 충격. 지금까지의 상식, 감각, 이성과의 대충돌. 충돌에 뒤이은 적막, 공허. 주변의 어떤 소리도 들리지 않았다. 갑작스럽게 마주한 그 휘황한 모습에 숨을 제대로 쉴 수가 없었다.

하늘을 뚫을 듯 높이 솟은 산들이 병풍을 두른 듯 나를 굽어보고 있는데, 그것을 어떻게 단박에 받아들일 수 있겠는가.

한참 만에야 정신이 들었다. 마음을 진정시키느라 럭시 한 잔을 들이켜고 다시 바라보았다. 호수 쪽으로 눈을 잠깐 돌렸다가 다시 바라보았다. 눈을 잠시 감았다 다시 보았다. 유有인지 무無인지 모를, 커다란 '존재의 덩어리'가 나의 존재를 물으며 내 눈을 앗아갔다. 목이 메었다.

이튿날 아침, 설산은 다시 구름에 가려 보이지 않았다.

가이드와 함께 포카라에서 설산이 가장 잘 보인다는, 해발 1,592미터 되는 사랑곳 Sarangkot으로 올라갔다. 택시를 타고 구불구불 산길을 삼사십 분쯤 올라갔다. 이 산은 안나푸르나 산군 바로 맞은편에 야트막하게(네팔에서 이 정도는 낮은 산에 속한다) 자리 잡고 있어, 구름만 걷히면 설산을 한눈에 담을 수 있는 곳이다.

산길 옆에는 엉성한 기념품과 음료, 술 등을 함께 파는 상점들이 있었다. 그 중 마당에 테이블 몇 개가 놓여 있는 가게에 들어섰다. 갓난아기를 안고 있는 젊은 여자와 그 여동생이 두꺼운 숄을 걸치고 쌀쌀한 아침 기온에 우리를 반겼다. 두 사람 다 눈이 보석처럼 예뻤다. 찌야와 커피를 마셔 가며 한 시간 남짓 기다렸을까.

세찬 아침 바람이 불기 시작했다. 바람을 따라 거대한 산군을 덮고 있는 검고 짙은 구름이 서서히 밀려 나갔다. 나는 앉은 자리에서 꼼짝하지 않고 벗겨지는 구름을 따라 눈동자만 움직였다. 호흡이 가빠졌다. 드디어, 눈부신 태양빛을 황금색으로 되쏘아 내는 흰 이마가 드러났다. 발끝부터 허연 머리까지, 그 나신이 통째로 드러났다.

'풍요의 여신,' 안나푸르나! 거대한 몸체를 가진 '물신物神'!

가슴이 터질 듯했다. 숨은 쉬고 있었는지 모르겠다. 정신이나 있었는지도 모르겠다. 백두산의 세 배가 넘는 큰 산이 한눈에 통째로 들어오는데 어찌 가슴이 온전했겠는가. 더할 수 없이 아름답고 휘황한 광경에 정신을 제대로 수습하기가 힘들었다.

안나푸르나와 그가 거느린 봉우리들은 결코 고압적이거나 공격적이지 않았다. 수려하고 웅장한 모습으로 아우라aura를 숭숭 내뿜을 뿐이었다. 헤세의 표현을 빌리자면

'신의 황금빛 자취'였다. 그 빛이 너무 강해, 꼼짝 못하고 그 안에서 녹아내릴 듯한 황홀한 자취였다.

그렇게 결국 거대한 물신의 몸통을 만났다. 오랜 동안 상사想思의 열을 앓게 하던 히말라야 설산을 드디어 온몸에 안았다. 그 설산은 나를 마비시키며, 어느 티베트 노래 제목처럼 '축복의 비'를 내게 뿌려 주었다.

나는 미동도 하지 않은 채 계속 설산을 뚫어지게 바라보았다. 흘러가는 몽롱한 시간. 수만 생각이 스쳤지만 아무 생각도 건져지지 않는, 무엇을 거머쥐었지만 아무 것도 거머쥔 것 없는, 텅 빈, 멍한 시간. 어쩌면 그것은 '정지된 시간'이었을까. 어느 순간 문득 멈춘 시간. 1초일 수도, 만 년일 수도 있는, 가늠할 수 없는 시간. 나도 모르게 나를 새로운 존재로 만든, 내 머릿속의 궤도를 바꿔 놓은 '마법의 순간.' 나를 그 곳에 이끈 '보이지 않는 손'에 감사했다. 마법의 시간이 끝났음인지, 얼마 안 있어 삽시간에 구름이 몰려오더니 설산은 그 속으로 사라졌다. 하지만, 짙은 구름 속의 설산은 여전히 내 눈 앞에 번득였다. 우르릉, 우르릉 우레 소리를 내며, 형형한 눈으로 나를 바라보고 있었다. 어느 새 내 눈에서 주르르 눈물이 흘러내렸다.

가게 의자에 누워 한잠 자고 깨어나니 날이 저물어 산 아래 포카라 시내에 붉은 등이 점점이 켜져 있었다. 낮이나 밤이나 사랑곳 주위는 환영幻影 같은 공간이다. 갑자기 기온이 떨어진 밤 공기. 으스스한 한기도 달랠 겸, 일명 '무스탕 커피'(럭시에 가루 커피를 조금 넣고 끓인 술)를 마시는 동안 달이 둥실 떠올랐다.

푸니마! 전 날보다 더 동그란 보름달이었다. 설산이 있는 북쪽은 잔뜩 구름이 끼었지만, 달무리를 목에 두른 달은 동쪽 하늘에서 또 다른 판타지아를 만들어 냈다. 한없이 넓고 그림 같은 하늘.

해발 1,592미터, 높은 곳에서 본 달은 계수나무도 옥토끼도 보일 만큼 선명했고 그 때까지 본 어떤 달보다 온화한 모습이었다. 어떤 외로움도, 그리움도, 슬픔도 다 품어 줄 것 같은 달.

"라므로(아름답다)! 데레이 라므로(매우 아름답다)!"

몸을 일으켜 마당에 섰다. 달빛 받아 금빛으로 환한 달 뜨락. 그 곳에 비친 내 그림자를 밟으며 둥글게 원을 그리며 천천히, 천천히 걸었다. 둥근 달무리가 각진 내 마음에 한가득 들어왔다. 그 밤, 나는, 구름을 뚫고 나오는 설산의 눈빛과 달빛이 교차하는 작고 둥근 뜨락에서 밤 깊도록 서성거렸다.

한참 뒤에야 나는 알았다. 그 날, 그렇게, 우연인지 필연인지 모를 '히말라야의 주술'에 걸린 것을……

스러져 가는 히말라야의 주술

1999년 가을. 나는 17년 직장 생활을 마감했다. 네팔에 다녀온 지 2년 만이었다. 더 이상 직장 생활에 의미를 두지 못했기 때문이었다. 아니, 직장 생활을 견디지 못해 도망쳐 나왔는지도 모르겠다.

어쨌든 나는 곧 시작될 21세기를 기점으로 나를 송두리째 바꾸기로 결심했다. 오랫동안 직장에서 상업적인 글쓰기를 해 오던 것에 대한 반작용이었던 듯, 내것을 쓰고 싶었다. 일하는 사이 짬짬이 시를 써 오긴 했으나 그런 식으로는 성에 차지 않았다. 순수 창작에의 욕구가 꿈틀댔다. 영화를 만들고 싶었다. 영화 시나리오를 쓰기로 마음먹자 히말라야가 떠올랐다. 주저 없이 히말라야로 향했다. 어머니의 장탄식과, 주변의 지대한 우려를 뒤로 하고.

히말라야의 주술에 걸린 것일까? 그랬는지도 모른다. 나도 모르게 걸린 주술에 내 삶의 궤도를 통째로 바꿨는지도 모를 일이다. 어쨌든 '주술' 이든 '21세기' 이든 그것을 빌미로 새로운 삶의 길을 택하고 싶었다. 그리고, 그 길 위에서 내 안의 인간을 다시 만들고 싶었다.

에베레스트, 랑탕 히말 그리고 안나푸르나 산군 일대, 이 세 군데 트래킹 코스를 차례차례 밟아 나갔다. 여건이 허락하는 대로 네팔을 찾았다. 히말라야를 배경으로 한 시나리오를 쓰기 위해서였다. 어떤 때는 다섯 달씩이나 머물기도 하면서 네팔을 마치 내 나라처럼 들락거렸다. 그러는 사이에 네팔의 문화와 종교, 사람들 속으로 깊이 들어갔다. 그 곳에 사는 한국인들과도 친분을 쌓고, 많은 히말라야 원정 대원들과도 알게 되었다. 무스탕에 대한 얘기를 간간이 접하기도 했다. 네팔에서도 워낙 오지 중의 오지라 네팔 사람들조차 가 본 사람이 거의 없다는 그 곳이 몹시 가 보고 싶었다. 그러나 그 때나 지금이나 엄청난 여행 경비(우선, 무스탕 체류 허가비가 워낙 비싸다)를 당시에는 마련할 수 없어 그냥 마음 속에만 묻어 두었다.

그렇게 2년 동안 매달려 왔던 시나리오 작업은 우여곡절 끝에 결국 좌절되어 접기로 했다. 네팔 구석구석을 누비던 발길이 눈에 밟혔다. 그러나 후회는 없었다. 긴 직장 생활이나 그 길이나 모두 내가 택한 것, 결코 후회스럽지 않았다. 아쉽지만 그것으로 네팔과의 인연도 다한 것 같았다. 오래 전 '짝사랑'으로 시작된 고열이 급속도로 식어 갔다. 그렇다고 네팔을 마음에서 지우려 했던 것은 아니다. 그럴 수는 없었다. 그 동안 숱하게 접한 '황금빛 자취'들과 가슴 한복판에 박혀 있는 둥근 달무리를, 어찌 내 마음대로 마음 밖으로 밀어 낼 수 있었겠는가. 그들을 가슴에 쟁여 놓은 채, 네팔을 다시 찾지는 않기로 마음먹었다.

그리고 그 때는 그렇게 여겼다. 히말라야 주술의 효력도 자연스레 스러져 간다고.

육백 년 은둔의 땅으로

네팔을 '접은' 후 그 동안 밀쳐 두었던 시 작업에 몰두했다. 그러다 2003년에 사십대 후반의 늦은 나이에 시인으로 이름을 올렸다. 아들의 늦은 방황을 숯검정 가슴으로 지켜보시던 어머니는 그 무렵 암에 걸려 의식을 잃으신 채 병원에 누워 계셨다. 평생 지은 불효를 병석에서나마 감해 볼 심정으로 마음을 다해 간호했지만 그 해 겨울 어머니는 차디찬 땅에 묻히셨다. 내 하늘을 받치고 있는 한 축이 무너져 내렸다. 삶의 의미가 겨울 묘지 흙바람 속에 부서져 흩어졌다.

바람 속에서 수없이 물었다. 삶이란 무엇인가, 인생이란 무엇인가 묻고 또 물었다. 죽음 앞에서 허허로울 뿐인 삶에 대한 의혹들이 해일처럼 나를 덮쳐 왔다. 슬픔과 더불어, 어머니의 죽음으로 피폐해진 내 마음은 미움, 절망, 질투, 고독, 분노 따위의 격랑 위에서 더욱 쉽게 긁히고 요동쳤다. 그 파고가 나를 삼킬 듯이 높았다. 겉으로 웃고 속으로 울며, 아니 겉으로 이기고 속으로 지며 내 안의 인간을 팽개쳤다.

돌파구를 찾아야 했다. 진흙소가 바다를 건너려면 철선鐵船이 필요하다 했던가. 불현듯 무스탕이 떠올랐다. 히말라야 뒤편 깊숙한 곳으로 '철선'을 끌고 가고 싶었다.

오랜 세월 은둔해 있는 육백 년 고도古都의 황량한 고원과 협곡, 히말라야 그리고 하늘. 그들이 어쩌면 시간의 비밀, 삶의 비밀로 통하는 은밀한 비상구일는지도 모른다고 생각했다.

무스탕 역시 내가 몸담고 사는 곳과 마찬가지로 지구상의 한 지점일 뿐이다. 그 곳에 간들 범부의 미욱함이 단박에 깨질 것이라고 기대한 것은 아니다. 그저 히말라야가 품고 있는 또 다른 미지의 땅으로 가서, 그 때까지의 나를 훌훌 벗고 내 안의 인간을 새롭게 깨우고 싶었다. 앙드레 지드는 아프리카 여행 중에, 모든 구속에서 벗어나 강렬한 생명으로 거듭나는 '황홀한 재생'을 취했다. 나 또한 무스탕으로 가는 여정을 통해 나로부터의 탈출을 꿈꿨다. 새로운 내 존재를 간절히 바라는 심정으로.

무스탕으로 떠나던 날, 나는 멀리 히말라야에서 들려오는 우레 소리를 가슴으로 들었다. 그리고 생각했다. 히말라야의 주술은 끝내 스러지지 않는다고……

아아, 내 가장 준엄한 길을 올라가야 한다!
아아, 내 가장 고독한 방랑은 시작되었다!

'짜라투스트라는 이렇게 말했다' 중에서

마지막 은둔의 땅, 무스탕을 가다

마지막 은둔의 땅, 무스탕

무스탕은 네팔의 중북부 산악 지역 깊숙이 자리 잡은 옛 왕국이다. 과거의 영토는 가사Ghasa라는 곳에서부터 북쪽으로 올라가 티베트를 향해 손톱 모양으로 움푹 들어간 지역이었다. 다시 말해, 네팔 북부에 동서로 길게 형성되어 있는 히말라야 산맥 봉우리 중, 안나푸르나와 다울라기리 사이로 흐르는 칼리간타키 강을 거슬러 올라간 지역을 말한다. 카그베니Kagbeni를 중심으로 티베트 국경까지를 '위 무스탕'(Upper Mustang), 남쪽 가사까지 이르는 지역을 '아래 무스탕'(Lower Mustang)이라 부르는데, 흔히 무스탕이라 하면 '위 무스탕'을 가리킨다.

7세기 무렵부터 사람이 살기 시작한 무스탕은 1380년 아메 팔Ame Pal 왕에 의해 독립 왕국의 형태를 취했고 그 중심지가 '로만탕Lo-Manthang'이었다. 티베트어로 로만탕의 로Lo는 '남쪽,' 만탕Manthang은 '염원의 땅'이라는 뜻이다. 곧, 티베트에서 볼 때 '남쪽 염원의 땅'이라는 뜻이다. 무스탕의 본디 이름은 '로만탕'이었는데 발음이 잘못 전해져 '무스탕'으로 굳어졌다는 설이 지배적이다.

아메 팔 왕 시절부터 약 400년 동안 고원 깊숙한 곳에 숨어 있던 무스탕 왕국은 1760년 네팔을 통일한 고르카 왕조에 합병된다. 하지만 고르카의 군대는 무스탕 영토 안에 들어가지 않았고 무스탕 왕은 자치권을 부여받아 자기들만의 독특한 역사와 문화를 이어 갈 수 있었다. 1846년, 네팔의 라나 가家가 고르카 왕조를 무너뜨리고 100여 년에 걸친 전제 정치를 통해 네팔을 통치할 때에도 무스탕의 분리 자치는 그대로 유지됐다. 그러다가 1951년, 트리부반 왕이 라나 가를 몰락시키고 네팔에 다시 왕정을 부활시키면서부터 무스탕 왕은 네팔의 명예 대령으로 전락하고 경찰을 비롯한 많은 네팔 사람들이 무스탕으로 들어왔다. 그런 가운데에서도 왕의 존재는 세습되어 오고 있어, 현재 22대 국왕인 지그미 팔벌 비스타Jigmi Palber Bista 왕은 여전히 그 곳 사람들의 존경을 받으며 옛 왕궁에서 지내고 있다.

무스탕은 흔히 '마지막 금단의 땅(The Last Forbidden Land)'이라고 불린다. 그렇게 불리게 된 데는 역사적인 배경이 있다. 1950년대 말 중국이 티베트를 강점하려고 티베트를 거세게 침공해 들어가자, 티베트는 강력한 저항군인 캄파스를 조직하여 티베트에서 가까운 무스탕을 저항의 거점으로 삼았다. 종교적 신념으로 무장한 캄파스는 중국 군대를 상대로 신출귀몰하게 싸워 연전연승을 거두었다. 때맞춰 중국 분리 정책을 주장한 미국의 CIA가 네팔의 육로를 거쳐 무기와 식량과 자금을 제공해 캄파스의 세력은 날로 강성해졌다. 그러나, 1971년, 미국의 닉슨은 핑퐁 외교를 앞세워 모택동과 손을 잡고 캄파스에 대한 지원을 전면 중단했다. 돌연 바뀐 국제 정치 속에서 중국의 압력을 견디지 못한 네팔은 무스탕 안으로 군대를 진격시키고, 그리하여 고립 무원의 처지가 된 캄파스는 거의 전멸, 해산되고 말았다. 그 때부터 네팔 정부는 외국인의 방문을 금지시켜 무스탕의 입구는 외부 세계와 차단되고 말았다.

그렇게 '금단의 땅'이 된 무스탕은 몇몇 외국인 연구팀에 의해 이따금 알려지다가 1992년에야 다시 그 문을 열었다. 그러나 무스탕을 방문하려면 네팔 정부 연락관을 반드시 대동하고 고액의 허가비를 내야 하는 등의 제약이 뒤따라 무스탕은 소수의 사람들만 찾을 수 있었다. 현재 연락관 제도는 폐지되었지만, 계속해서 까다로운 허가 조건이 따라붙는다. 2인 이상이어야 방문할 수 있고, 체류 일정은 최소

열흘이 기본이다. 체류 허가비는 1인당 하루 70달러이며, 열흘을 넘길 경우, 하루에 70달러씩 또 지불해야 한다. 이렇게 체류비도 비쌀뿐더러 여정에 소요되는 제반 경비까지 포함하면 상당한 비용이 들기 때문에 무스탕에는 아직도 트래커들의 발길이 쉽게 닿지 못하고 있다.

무스탕은 초목이 거의 없는 불모의 땅이다. 바람에 의해 풍화된 암갈색 산과 협곡에는 한 해 내내 강한 바람이 불고, 해발 2,800미터에서 4,500미터 사이를 넘나드는 '낙타 등' 지형은 엄청난 체력 소모를 요구한다. 네팔 어느 지역보다 비가 적은 무스탕은 땅이 늘 메말라 있어 일부 거주 지역 외에는 아예 초목이 자라지 않는다. 영하 30도, 40도의 혹독한 추위와 강한 바람 때문에 겨울에는 그나마 뜸하던 외지인의 발길도 거의 끊기고, 심지어 그 곳 사람들마저 11월 말부터 이듬해 3월 초까지 교역 물품을 말이나 노새 등에 싣고 '아래 무스탕' 지역인 좀솜 일대나 포카라, 멀리 인도까지 내려가 월동하는 것이 예사로울 정도이다.

그런데, 묘한 것은, 그렇게 거칠고 황량한 이 곳이 지형지세가 말할 수 없이 아름답다는 것이다. 태곳적 원시시대를 연상시키는 고원과 대협곡은 히말라야 산맥을 병풍 삼아 끝이 없을 듯 출렁이는데, 광활한 하늘 아래 펼쳐진 풍광은 가히 황홀지경이다. 규모가 미국의 그랜드캐니언보다 더 크고 깊은 무스탕은, 사람의 접근이 대단히 어려워, 훼손되지 않은 지구상 마지막 청정 지역 중의 하나이기도 하다.

산과 산 사이에 형성된 조그만 초지에 신기루처럼 나타나는 부락은 현재 33개가 산재해 있고, 약 6,000여 명의 사람들이 흩어져 살고 있다(King Mahendra Trust for Nature Conservation 자료에 의한 통계인데, 실제로 다녀 보니 주민들이 그 5분의 1도 채 되지 않아 보였다). 정형화된 사각형 집들은 돌과 흙으로 지었고, 바람과

추위가 워낙 맹렬한 탓에 창문이 거의 없다. 창문이 없어 좁은 실내는 낮에도 어두
컴컴하다. 현재 ACAP(Annapurna Conservation Area Project)의 지원 아래 빨래판
만한 태양열 전지판을 설치한 집들은 낮에 축전지에 모은 전기로 조그만 형광등 하
나씩은 켜고 살지만, 용량이 워낙 적어 밤 생활은 전보다 그다지 나아진 것이 없다.

저녁 햇살을 받으며 학교에서 돌아오는 무스탕의 아이들.

티베트의 문화와 전통을 그대로 간직하고 사는 이 곳 사람들은 거의 모두가 티베
트 불교 즉 라마 불교도들이고, 옷차림도 티베트 복식을 그대로 따르고 있으며, 더
러는 티베트 풍습대로 일처다부제를 여전히 지키고 있다. 한 집의 장남과 결혼한
여자가 그 집의 남자 형제들과도 부부의 연을 맺는 일처다부제는 그렇게 함으로써

여자가 과부가 되지 않게 하려는 데에서 비롯된 풍습이라고 한다. 어떤 서양 학자들은 그들에게 여성 유전자가 적은 이유를 내세우기도 한다. 현재 일처다부제는 '문명'의 입김에 의해 몹시 흔들려 소수의 집안에서만 이어지고 있는 형편인데, 외지인들 중에 한 여자(부인)와 여러 남자 형제가 번갈아 가며 잠자리를 같이 하는 것을 두고 '흉측하게' 생각하는 사람들도 있다. 하지만 그것은 그들 나름대로 오랜 세월 이어 온 것이므로 마땅히 존중해야 할 전통이다.

땅은 척박하지만 보리, 메밀, 완두콩, 감자 같은 밭작물을 키우며 사는데, 저수지가 없어서 경작지마다 계곡의 물을 수로로 끌어와 농사를 짓는다. 유목민들이나 일부 농사짓는 사람들은 양, 염소, 야크yak 등을 키우고 그들에게서 우유, 고기, 연료 (주로 야크 똥)를 얻는다. 말이나 노새는 짐을 실어나르거나 사람이 타고 다니는 데 없어서는 안 될 중요한 이동 수단이다.

봉쇄가 시작된 1971년 이전에도, 무스탕은 그 존재 자체가 외부 세계에 거의 알려지지 않았다. 따라서 무스탕은 14세기 아메 팔 왕 시절부터 20세기 말까지 600여 년 동안 고원 깊숙이 은밀하게 들어앉아 있던 나라이다. 그런 의미에서 무스탕은 '마지막 은둔의 땅(The Last Hidden Land)'이라는 또 하나의 별칭을 갖고 있다.

황량하지만 숨막히게 아름다운 '태고'의 고원과 하늘. 척박한 땅, 그러나 천진무구한 눈동자들. 무스탕에서 보낸 스무 날의 낮과 밤은 크나큰 행복이고 기회였다. 헐벗은 땅에서 마음껏 헐벗을 수 있었던 내 영혼이 새로운 '내일의 옷'을 걸쳐 입을 수 있었기 때문이다.

[지옥 코스]

사진작가 이겸과 나는 지도에 표시된 화살표를 따라 말굽 형으로 무스탕 안을 일주했다.

대개의 트래커들은 무스탕 체류 허가증의 발효 시작 지점인 카그베니에서 츄상, 쩰레, 닥마르, 짜랑을 거쳐 로만탕으로 들어간 다음,

그 루트를 그대로 되밟아 카그베니로 돌아온다. 그렇게 이동하면 무스탕 최소 체류 허가 일수인 10일 안에 여정을 소화할 수 있다.

18일 체류 허가증을 가진 우리는 로만탕으로 들어가 그 주변 지역을 충분히 다닌 다음, 한국 사람은 그 때까지 한번도 가지 않았다는

디 가웅, 탕게를 거쳐 해발 4,400미터에 가까운 파아 지역을 통과해 츄상으로 내려오는 루트를 택했다.

좀솜에서 시작하여, 좀솜으로 돌아오기까지는 무스탕 여정은 모두 20일이 걸렸다.

로만탕까지 가는 길도 몹시 힘이 들었지만, 디 가웅-탕게-파아로 이어지는 길은 미리 알았다면 가지 않았을 만큼 힘든 여정이었다.

하루 평균 열세 시간씩은 행군하여야 했고, 해발 4,000미터의 고지대를 오르내려야 했기에 말 그대로 '지옥 체험'이었다.

마을과 마을 사이에 집은커녕 행인도 물도 거의 없는 험악한 지형이었다.

두세 차례의 위기와 어쩔 수 없이 이어진 야간 트래킹은 여러 차례의 네팔 트래킹 경험이 있는 나로서도 몹시 아찔한 체험이었다.

그러나 우리에게 그토록 위험하고 힘겨운 '지옥 체험'을 안겨 준 그 루트에서 우리는 비로소 무스탕의 진경을 만날 수 있었다.

그 은밀한 무스탕의 내원(內苑) 안에서 우리는 자연의, 초자연적인 '마력'에 꼼짝없이 사로잡혔다.

장차 무스탕 트래킹을 꿈꾸는 사람이 있다면 그 '지옥 루트'를 꼭 권하고 싶다.

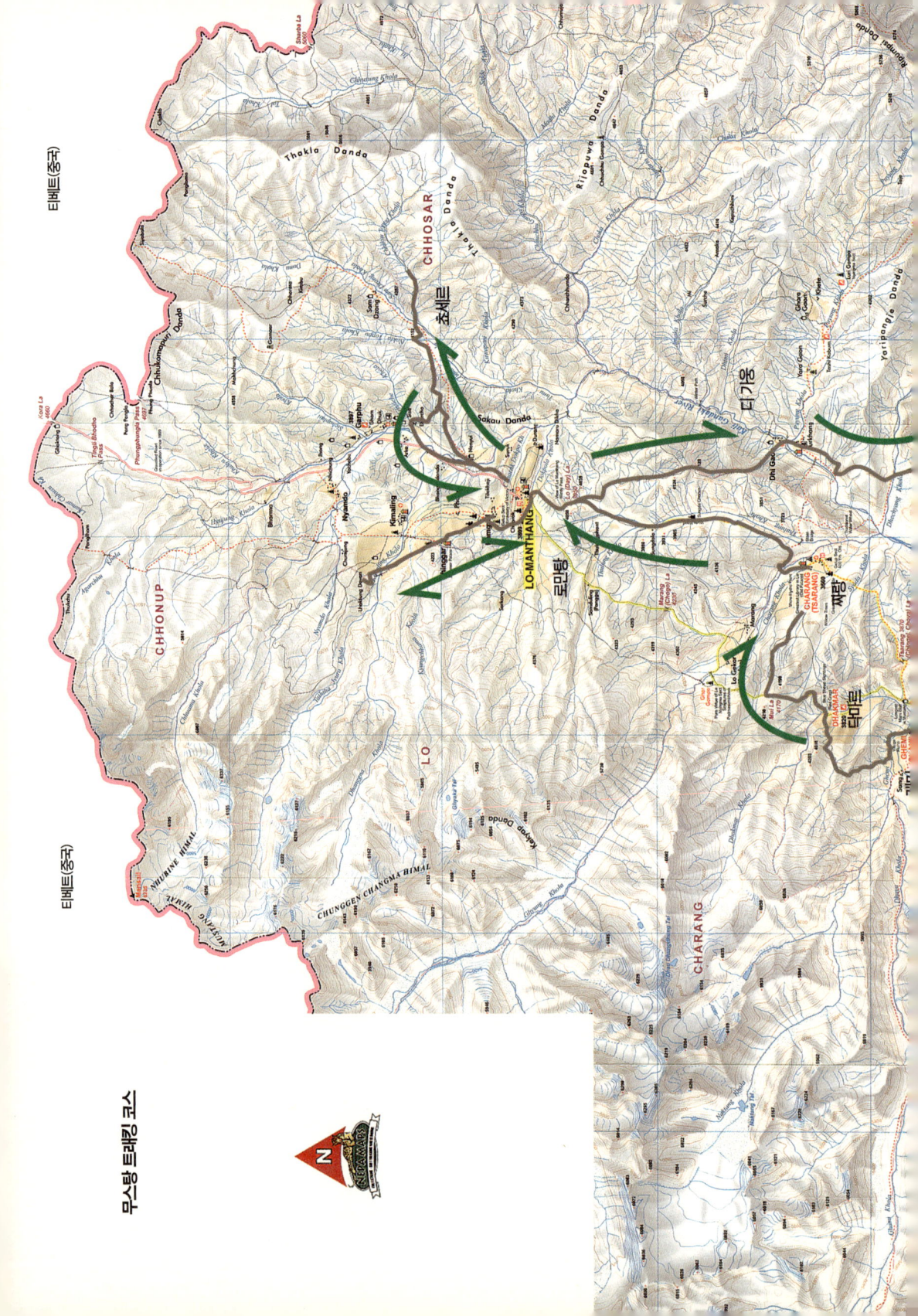

무스탕 트레킹 코스

미지未知. 아직 만나지 못한, 아직 알지 못하는, 어느 곳, 어느 것. 거기에는 분명 '알 수 없는 힘'이 있다. 그것이 장대 무비한 풍광이든, 순정한 이국 소녀의 눈망울 속이든, 거친 침상이든, 광야의 태양이든, 끝없는 철길 위든, 비바람 속이든, 처음이면, 거기, 내밀히 솟아나는 비상飛上의 샘이 있다. 절망에 빠져 있을수록, 마음의 평화를 간절히 원할수록, 한 번도 가 본 적 없는 미지의 곳으로 떠나야 한다. 그것이 말뿐인 위로보다, 고통스런 현실을 넘어서는 하나의 방편일 수 있고 도약의 계기일 수 있다.

공간 이동

다시 과거로, 과거로

방콕을 이륙한 비행기가 네팔을 향해 순항하고 있다. 네팔과 연을 맺은 지 일곱 해, 그리고 일곱 번째 여행이다. 네팔로 가는 기내는 언제나 한결같다. 이륙 직후부터 술을 마시며 타향살이 서러움을 시끌벅적 토해 내던 네팔 사람들은 기내식 후 조용해진다. 흥분을 식히지 못한 몇몇 네팔 사람들이 연거푸 위스키를 주문할 뿐, 나머지 승객들은 거의 잠에 빠져 있다. 비행 두 시간쯤 뒤부터 나는 창 밖을 자주 내다봤다. 일곱 해 전, 그 항로에서 창 밖으로 히말라야 설봉을 만난 그 '첫경험'이 떠올라, 네팔행이 처음인 이겸에게 그 광경을 놓치지 않고 보여 주고 싶었던 까닭이다. 하지만 우기 철이 채 끝나지 않은 하늘은 잔뜩 구름이 덮여 있어 카트만두에 도착할 때까지 히말라야 설산은 모습을 드러내지 않았다.

히말라야는 보이지 않았지만 나는 계속해서 무채색의 두터운 구름바다에 눈길을 던지며 생각에 잠겼다. 느릿느릿 출렁이는 구름층 위로 어느 때보다도 깊은 감회가 어렸다. 다시는 찾지 않겠다던 네팔 여행이니 어찌 감회가 새롭지 않겠는가. 어쩌다 나는 이 상공을 일곱 번씩이나 넘는 것일까. 산악 원정대원도 아니요, 무슨 사업이나 공무가 있는 것도 아닌 터에. 히말라야 주술의 힘이랄 수밖에 없다. 그런 생각 끝에 심호흡을 크게 한번 한 다음 의자를 젖히고 눈을 감았다. 네팔에 가까워진다 싶으니 맨처음 그 때처럼 심장 맥박이 빨라지는 것을 느껴서였다.

곧 카트만두 공항에 착륙할 것이라는 기내 방송과 때맞춰 기체가 어김없이 심하게 흔들렸다. 사방으로 높은 산에 둘러싸인 드넓은 카트만두 분지를 넘어가지 못한 구름층 때문이다. 네팔은 추운 나라라고 생각하기 쉽지만 사실 네팔은 무더운 아열대 기후대에 속한다. 특히 여름 우기 철에는 해가 뜨기 무섭게 대지가 뜨겁게 달궈지고 급속도로 생긴 수증기가 구름으로 바뀐다. 그 구름이 분지를 둘러싼 높은 산을 넘지 못해 오후면 카트만두 인근 상공에 늘 두터운 구름층이 형성되기 때문에, 카트만두에 내리는 오후 비행기는 짙은 구름을 뚫고 내려가느라 심하게 요동친다. 여러 차례의 경험으로 익숙해진 나는 그것을 네팔이 내게 보내는 환영 인사쯤으로 여긴다. 기체가 흔들리는 것까지 다 반갑게 느껴지는 것은, 곧 네팔에 닿는다는 기대감 때문이다. 비행기가 땅에 가까워질 때, 구름과 수증기 사이로 자세히 내려다보면, 해발 1,500미터에서 3,000미터 사이의 산비탈에 줄무늬 모양의 계단식 밭들이며 군데군데 흙으로 지은 네팔 전통 집(우리네 초가집이 2층으로 만들어져 있는 모양)들을 볼 수 있다. 그것들 역시 '과거'로 들어서는 길목에서 나를 마중 나온 환영 인파쯤으로 생각한다.

긴 시간이 걸리는 입국 심사를 마치고, 요란한 바퀴 소리를 내는 낡은 카트에 짐을 실어 공항 문을 나섰다. 영락없이 택시 호객꾼들이 벌 떼처럼 달려들었다. (여행객들은 대체로 그들에게 짜증을 내고는 하지만 먹고살자고 아우성치는 것임을 생각하면 조금은 너그러워질 수 있다.) 그들 뒤로 우리를 마중 나온 반가운 얼굴, 류배상 씨가 환하게 웃으며 손을 흔들고 있다. 나와 꽤 오랜 인연을 갖고 있는 그는 '우리집'이라는 이름의 민박집을 운영하면서 트래킹과 관광에 대한 일체의 여행 업무를 대행하고 있다. 무스탕으로 떠나기 전에 그의 민박집에 머물면서 트래킹 준비를 하고, 또 돌아온 뒤에도 그 곳에서 귀국 채비를 하기로 했다. 네팔 특유의 냄

새가 감지되는 습기 가득한 대기 속에서, 구릿빛으로 익은 얼굴을 한 그와 이태 만에 만난 나는 굳은 악수와 함께 인사를 나눴다.

"나마스테(안녕하세요)!"

"나마스테!"

우리는 류배상 씨가 직접 운전하는 지프를 타고 공항을 빠져 나왔다. 공항 입구에는 중무장한 군인들이 살벌한 경계를 펴고 있었는데 나날이 격해지는 네팔 반군, 곧 마오이스트들과 정부와의 대립 때문이었다.

"여전하구먼."

카트만두 거리에 막 들어서면서 받은 감상을 짧게 말하자, 류배상 씨 또한 짧지만 함축된 말로 대답하며 웃었다.

"그렇죠? 네팔 아닙니까. 하하."

"하긴 네팔은 변하지 않는 것이 네팔다울지도 모르지. 아무튼, 이젠 차도 사고 운전도 하고, 네팔리(네팔 사람을 흔히 이렇게 부른다) 다 됐구먼. 운전은 할 만한가, 이 북새통에?"

"보세요, 다들 알아서 피해 가잖습니까. 서로 빨리 달릴 수가 없으니까 조금만 조심하면 그럭저럭 할 만합니다."

"나는 여기 산다 해도 아슬아슬해서 운전은 못할 것 같아."

여전히 덜컹거리는 도로 좌우의 풍경은 예전과 조금도 다름없었다. 일곱 해의 세월이 흘렀건만 처음 왔을 때와 어쩌면 이리도 똑같은지. 벽돌로 지은 우중충한 건물들. 차선도 없이 울퉁불퉁한 도로에 뒤엉켜 다니는, 우리 나라 70년대를 연상시키는 버스, 트럭, 택시, 자가용, 오토바이, 자전거, 삼륜차. 그리고 그들이 내뿜는 검은 매연과 쉴새없이 울려 대는 경적 소리. 수많은 종족의 서로 다르게 생긴 사람들. 길가에 나뒹구는 쓰레기, 도로변의 상점에서 흙먼지 뒤집어 쓴 물건들까지도 여전하였다. 예상한 대로, 네팔의 시간은 그렇게 '정지'해 있었다. 나는 그 속에 자연스럽게 섞였다. 칠 년 전과 똑같은 그 모습을 묘한 즐거움으로 바라보며 빠르게 동화해 갔다.

도심에 들어서면서 이겸의 반응을 물어 봤다.

"어때, 아수라장이지?"

"글쎄요, 잘 모르겠는데요. 이 정도면 형이 말했던 것보다 훨씬 괜찮은데요, 뭐."

"그래? 다행이네. 야, 이거, 겸이도 금세 네팔 사람 되겠는 걸, 안 그래 류 사장?"

"와, 그러게요, 어떤 사람은 하루를 못 견디고 여기 온 다음 날로 한국에 돌아가기도 하는데. 적응이 무척 빠르시네요."

네팔의 첫 인상에 실망할까 하는 걱정 아닌 걱정으로 이겸에게는 한국에서부터 잔뜩 겁(?)을 준 터였다. 하지만 이겸은 의외로 담담하게 받아들였다. 공항에서 한 30분을 달려, 짙은 매연과 함께 정신없이 복잡한 도심에 들어섰다. 나는 다시 매캐한 '과거' 속으로 성큼 들어온 것이다.

카트만두의 철선

왕궁이 있는 도심 한복판에서 멀지 않은 곳에 위치한 류배상 씨 부부의 민박집 '우리집'은 번잡한 도로에서 벗어난 골목 깊숙한 곳에 있었다. 마당 딸린 번듯한 3층집이 키 큰 나무들로 둘러싸여 아늑하게 들어앉아 있는, 깨끗하고 조용한 집이었다. 우리는 넓고 시원한 거실 뒤의 방에 짐을 풀었다. 그리고 얼마 되지 않아, 우리를 무스탕으로 안내할 가이드가 찾아왔다.

삼툭 라마. 무스탕 사람인 그는 삼십대 중반에 키가 크고 온화하게 생긴, 첫인상이 무척 좋은 사람이다. 지금은 카트만두에 살고 있지만 무스탕에서 태어나 스물일곱 살까지 그 곳 곰파('절'이라는 뜻의 티베트어)에서 봉직했던 승려였다. 한국에서 삼 년 동안 '노가다' 생활을 한 적도 있는 그는 우리말 실력이 꽤 훌륭해 존대어도 거의 완벽하게 구사했다. 첫인상 좋고, 전직 승려인 데에다 한국어에 능통하고 매너까지 좋았다. 앞으로 스무 날 동안 오지에서 우리의 '운명'을 책임질 사람으로 이보다 더 든든한 사람은 없을 듯했다. 무엇보다 무스탕 출신이라는 것이 가장 미더웠다.

짧게 이런저런 인사를 마친 우리는 무스탕 지도를 펴 놓고 일정, 코스, 비용, 식량 등의 물자, 동원될 스태프에 대해 의논하기 시작했다. 류배상 씨의 중재로 한국에 있을 때 이메일을 통해 대강의 정보를 주고받았지만 현지에서 직접 세세한 것을 듣다 보니 바짝 긴장됐다. 지도상으로만 보아도 우리가 계획하는 코스는 상당히 힘든 코스일 것 같았고 동원할 인원과 물자도 상당한 규모라서 더욱 신경이 곤두섰다. 한국에서 생각했던 것보다 훨씬 만만치 않은 여정이 눈앞에 그려졌다.

네팔에서의 트래킹은 크게 두 가지로 나뉜다. 하나는, 가이드와 포터(짐꾼) 한두 명과 함께 하는 일반 트래킹이다. 이 경우 숙식은 현지의 로지lodge(숙소의 통칭)에서 해결한다. 대표적인 트래킹 루트에는 어디를 가도 로지가 있어 트래커들은 비상식량과 슬리핑백, 약품, 옷가지들, 약간의 등산 장비만 챙겨 가면 된다. 다른 하나는 캠핑 트래킹이다. 이 경우에는 대규모의 인원과 물자가 동원된다. 가이드 외에 식사를 책임지는 쿡, 쿡 보조가 동행하고, 식량, 부식, 텐트, 매트리스, 접이식 식탁과 의자, 조리용 버너, 연료, 그릇과 수저까지 챙겨 가야 하는데 그런 일체의 물자를 져 나를 여러 명의 포터가 또 필요하다.

무스탕은 로지 상황이 열악하여 대개 캠핑 트래킹을 택하는데, 다행히 그 지역에는 짐을 실어나를 말들이 있어 포터의 수를 최소한으로 줄일 수는 있다. 우리의 경우, 포터를 두 명만 쓰기로 했다. 그래도 이겸과 나를 포함해 사람 일곱 명에, 짐을 실어나를 말 네 마리까지 동원한 '대부대'가 되었다.

다음으로, 소요 일정과 코스. 대개의 트래커들은 무스탕의 옛 수도인 로만탕까지 간 뒤에 다시 거의 같은 길을 되밟아 나온다지만, 우리는 로만탕 입성 후 그 주위를 며칠 동안 둘러보고, 카그베니로 돌아올 때에는 몹시 힘겨운 코스임이 예상되는 길을 택하기로 했다. 따라서 18일의 일정이 필요했다. 일정에 따른 무스탕 체류 허가 비용도 상당했다. 삼툭과 스태프들에게 지불해야 할 임금, 소요 물자 비용 등도 예상보다 많이 들어 서로 조금씩 양보한 수준에서 합의를 보았다.

그런데 다른 무엇보다도 가장 신경 쓰이는 문제는 바로 '고소증'이다. 고소증은 대개 해발 3,000미터 이상에서 걸리기 쉬운 증상인데 우리는 대부분 해발 4,000미터 전후를 오르내려야 하기 때문에 고소증은 언제 어떻게 터질지 모르는 복병 같은 문제가 아닐 수 없었다. 공기 중 산소 부족으로 발생하는 고소증은 처음에는 심한 두통으로 시작되고 심해지면 폐수종이나 뇌수종으로까지 이어지는 무서운 증상이다. 나이나 성별, 체력에 관계 없이 발병하는 이 증상은 아직 현대 의학이 풀지 못하는 난치병 중의 하나이다. 참고로, 해발 3,000미터 되는 곳의 공기 중 산소 함량은 평지의 68퍼센트, 4,000미터에서는 60퍼센트, 해발 8,848미터나 되는 에베레스트 산정에서는 33퍼센트에 불과하다. 나는 그래도 그 동안 여러 차례 네팔 다른 지역에서의 트래킹을 통해 어느 정도 고소에 적응된 상태이지만 고소 트래킹이 처음인 이겸이 증세 없이 무사히 넘어갈지가 무척 걱정되었다. 어느 정도 각오는 하고 왔지만 막상 지도상의 고도를 본 이겸의 얼굴은 꽤 심각해 보였다.

이런저런 걱정 때문에 우리는 해발 4,000미터 지대를 사나흘 걸어야 하는 하행 길의 코스에 대해서는 추후에 더 상의하기로 하고 일단 트래킹 계획을 마쳤다. 삼툭은 이삼 일에 걸쳐 물자 등을 준비하기로 하고 우리와 헤어졌다. 오지 중의 오지로 가는, 탐험에 가까운 트래킹은 생각보다 만만치 않아 보였다.

아직 우기 철인지라 아열대 특유의 장대비 스콜이 이따금 쏟아졌다. 저녁 식사에 이어진 술로 네팔의 첫날을 기념했다. 무스탕으로 떠나기까지는 이삼 일의 여유가 있는 터라 술자리는 밤늦도록 이어졌고 열두시가 넘어서야 잠자리에 들었다. 잠들기 전, 낮에 통화하던 아내의 목소리가 귓전에 어른거렸다. 그저 내 걱정뿐인 신혼의 아내를 두고 나는 무얼 찾아 가고 있는 것일까. 여정은 무사히 끝날 수 있을까. 스태프들과의 호흡은 잘 들어맞을 것인가. 이런 저런 생각에 뒤척이는 카트만두의 객창客窓. 그 옆에 내가 끌고 온 '철선鐵船'이 쏟아지는 장대비를 맞고 있었고 그 위에 얹혀진 나그네의 성긴 밤이 빗소리에 출렁였다. 잠이 쉬이 찾아오지 않았다.

데레이 라므로 라뜨

포카라행 그린 라인green line 버스 터미널. 아침 7시에 떠나는 버스를 타기 위해 이른 아침부터 서둘렀다. 이미 도착해 있는 삼툭과, 쿡으로 일할 아카바드, 그의 보조역인 파상과 인사를 나눴다. 앞으로 스무 날 가까이 우리의 '입'을 책임져 줄 두 사람의 첫인상도 썩 좋아 보였다. 류배상 씨와 20여 일 뒤를 기약한 후, 버스에 올랐다. 일반 버스와 달리 에어컨까지 나오는 고급 버스였다. 버스는 승객이 몇 안 되어 한산했다. 승객은 대부분 외국인이었고 네팔 사람이라고는 외국인과 동행한 이들뿐이었다.

버스는 카트만두 외곽 아리랑 고개를 넘어갔다. 좁은 도로나 주변 풍경은 거의 변한 것이 없었다. 도로에 바짝 붙은, 짚을 얹은 목조 흙벽 집들, 햇볕 아래 아무렇게나 널어 놓은 옷들, 낡은 구멍가게들 그리고 트리슐리 강 건너 계단식 밭들……, 네팔의 시계는 어느 곳에서나 멈춰 있었다.

잠에 떨어진 승객들을 태운 버스가 금모래 반짝이는 트리슐리 강을 따라 서쪽으로 난 외길을 달려갔다. 길과 강물을 따라 나의 많은 추억들도 함께 흘러갔다. 간간이 강 양안을 연결한 케이블에 도르래를 걸어 건너오는 사람들과 그 아래로 외국인을 태운 래프팅 보트들이 차창으로 스쳐 지나갔다.

아침에 출발한 버스가 도중에 점심을 위해 30분쯤 쉰 것을 빼고는 내처 달린 끝에 오후 3시쯤에 조그만 마을에 도착했다. 바로 네팔에서 두 번째로 큰 도시 포카라였다. 카트만두가 해발 1,400미터인 데에 비해 포카라는 900미터 지대이다. 자연히 포카라가 더 무덥고 습했다. 버스에서 내리자마자 설산 쪽을 바라봤지만 안나푸르나는 짙은 구름에 가려 보이지 않았다. 초행인 이겸에게 설산을 보여 주고 싶었지만 아직 인연이 닿지 않는 모양이었다. 가을 트래킹이 본격적으로 이루어지는 건기가 시작되기 전이어서 여행자들이 몰리던 레이크 사이드 거리도 비교적 한산했다. 호수가 보이는 숙소에 짐을 풀고 땀과 노독을 깨끗이 씻어 낸 뒤 거리로 나섰다.

게스트하우스가 열 지어 있는 길 양 옆에는 너무 많다 싶은 등산 장비점들, 기념품 가게들, 국제 전화를 걸 수 있는 인터넷 숍, 레코드 숍, 카페, 식당, 자전거나 오토바이 대여점들이 여행객 발길 뜸한 한낮에 하품만 하고 있었다. 이 역시 전과 거의 똑같은 풍경이다. 포카라의 시계도 예외 없이 멈춰 있다. 무스탕에 일단 들어가면 전화도 인터넷도 할 수 없는 터라, 이겸과 함께 인터넷 숍에서 한국으로 전화를 했다. 걱정이 가득 묻은 아내의 목소리를 들으니 마치 싸움터에라도 나가는 듯한 기분이 들었다. 하기야 지금 세상에 서로 연락도 할 수 없는 오지로 들어간다 하니 걱정하는 것도 무리가 아니다.

호수 바로 옆, 포카라에 가면 언제나 들르는 레스토랑을 찾아갔다. 일곱 해 전, 그곳 마당에 앉아, 처음 본 설산 안나푸르나와의 '대충돌'로 가슴 뻐근해하던 그 식당 또한 변함없는 모습으로 그 자리를 지키고 있었다. 우리 다섯 사람은 그 때처럼 정원에 놓인 테이블에 둘러앉았다. 서서히 땅거미가 밀려오기 시작했다. 이겸이 호수 풍경을 카메라에 담는 동안 안나푸르나 쪽을 바라보며 찬 맥주를 들이켰다.

달밤에 하늘에서 만년설 그 허연 이마를 드러내고 단박에 내게 마법을 걸었던 안나푸르나. 결국 이태 전에는 포카라에서부터의 닷새 동안의 트래킹으로 올라가 휘황한 '황금빛 자취'에 취해 보기도 했던 안나푸르나. 그 주술로 인해 나는 또 이 곳에 앉아 있구나 싶었다.

백열등이 켜지기 시작하는 마당에서 다섯 개 술잔을 올려 무스탕 여정을 무사히 마치기를 빌며 건배했다. 무스탕 트래킹이 결코 쉬운 길이 아님이 예상되었기에 나는 정말로 진지한 마음으로 별 탈 없기를 기원했다. 술과 음식을 나누는 사이에 콧수염이 멋진 아카바드와 아직 앳돼 보이는 파상과도 웬만큼 어색함을 풀 수 있었다. 삼툭이 좋은 사람들로 팀을 꾸렸다는 생각에 기분이 가벼웠다. 그들에게도 우리가 좋은 만남으로 여겨지면 좋겠다는 생각을 전하며 세 사람에게 일일이 술잔을 돌렸다. 20일 동안 험한 곳에서 한몸처럼 지내야 할 사람들이다. 서로 빨리 즐겁게 마음을 여는 것이 험한 여정에서 무엇보다 중요한 일이다.

열아홉 살밖에 안 된 파상에게 술을 따라 주자 큰 입을 옆으로 길게 째며 어려워하는 모습이 참 순박해 보였다. 아카바드는 기분이 좋은지 내가 하는 서툰 네팔 말에 박자 맞추며 삼십대 중반의 나이에 어울리지 않는 너털웃음을 연방 터뜨렸다.

열 지어 선 키 낮은 백열등들이 예쁘게 불을 밝히고 있는 호숫가. 다섯 나그네의 웃음소리가 호수에 출렁이는 밤. 무스탕으로 떠나기 전날의 '데레이 라므로 라뜨(매우 아름다운 밤)'가 익어 갔다.

구름을 뚫고

이튿날. 아침 6시에 떠나는 비행기를 타려고 새벽 4시 반부터 일어나 부산을 떨었다. 삼툭이 카트만두에서 준비해 오고 포카라에서 다시 보충한 짐은 부피가 엄청났다. 택시 두 대에 꾸역꾸역 나눠 싣고 공항으로 향했다.

달랑 2층짜리 조그만 건물 하나뿐인 공항 청사 1층은 각 지방으로 떠나는 여행객들이 북새를 부렸다. 사람과 짐이 뒤엉킨 아수라장 속에서도 군인과 경찰들의 짐 검색이 어느 때보다도 까다로웠다. 반군과 준내전 상태에 있는 까닭에 혹시 있을지 모를 폭발물이나 무기류의 반입을 막기 위해서였다. 짐 하나라도 분실할세라 신경을 곤두세운 우리는 그 많은 짐들을 일일이 열어 보이고 까 보이며 땀 흘려 통과시켰는데, 마지막에 '귀하신' 통 두개가 문제가 됐다. 막걸리 통만한 둥근 통 두 개가 그것이었는데, 바로 류배상 씨 집에서 담근 '소중한 김치' 통이었다. 네팔 국내 공항에서는 짐들을 내동댕이치기 일쑤였으므로 좀솜까지는 완전 밀봉 상태로 가져가야 했다. 그런데 군인 한 명이 인상을 쓰며 기어코 통을 열어 보이라고 성화를 해댔다. 열지 않고 버티려는 삼툭의 '말빨' 은 통하지 않고, 오히려 내가 서툰 네팔 말과 영어를 섞어 가며 손짓 발짓까지 동원한 것이 먹혀 간신히 검색대를 통과했다. 그 김치 통은 여정 내내 '금金치 통' 이었고 '보물 단지' 였다.

길고 힘든 검색을 끝내고 대합실에서 탑승을 기다리며 이겸에게 말했다.

"문이 열리면 비행기까지 잽싸게 걸어가야 해. 비행기 오른쪽에 앉아야 설산을 제대로 볼 수 있거든."

활주로를 뛰다시피 걸은 덕분에 우리는 14인승 쌍발식 프로펠러 비행기 오른쪽 자리에 앉을 수 있었다. 아직 해 뜨기 전이었다. 새벽 공기를 가르며 커다란 새 같은 비행기가 활주로를 차고 올랐다. 순식간에 올망졸망한 포카라 전경이 멀어져 갔다. '문명'을 뒤로 한 여명의 '탈출.' 히말라야 뒤쪽을 향해 날아 올라가는 그 길은 꼭 그런 느낌이었다. 실제로 우리의 여정은 하루하루 지날수록 '문명'과 멀어지는 길이기도 했다.

구름을 계속 뚫고 오르는 기체가 심한 기류 변화로 요동을 치더니 수시로 이삼 미터씩 아래로 뚝뚝 떨어졌다. 그럴 때마다 대부분의 승객들은 뻣뻣하게 굳어 버리지만 나는 담담히 조종석 창으로 화살처럼 들어오는 태양빛을 즐겼다. 이륙한 지 오 분쯤 지나자 덜컹거리던 기체가 간신히 평형을 찾았다. 때맞춰 드디어 안나푸르나가 구름 사이로 힐끗힐끗 모습을 드러내기 시작했다.

고래등 같은 검은 암벽과 만년설에 휩싸인 물신物神! 떠다니는 구름으로 전체를 볼 수는 없었지만, 보이다가 사라지고 사라졌는가 하면 다시 보이는 그 모습이 그래서 더욱 신비로웠다. 무스탕으로 향하는 날에야 비로소 만난 선경이었다.

허공에서 만난 '신들의 세계.' 마치 신들이 열어 놓은 '비밀 통로'를 통과하는 듯한 느낌. 우리는, 그 순간, '세상 밖'의 세상으로 초대된 행복한 사람들이었다. 선택받은 사람이었다. 처음 보는 히말라야의 모습에 탄복하며 눈길을 떼지 못하는 이겸과 나는, 그 시각, 세상 누구보다도 특별한 사람들이었다. 아침 햇살을 받은 설산의 이마가 언뜻언뜻 황금빛을 되쏘아 냈다. 그 빛 따라 이제껏 들어 본 적 없는 황홀한 환상곡의 음들도 함께 퉁겨져 나올 듯했다. 내 일생에서 또 하나의 가장 아름다운 날로 기억될 아침이었다.

안나푸르나 산군 사이로 파란 하늘을 가르던 기체가 앞으로 서서히 기울었다. 조종석 앞창 멀리 조그만 좀솜 공항이 눈에 들어왔다. 조종사들의 바쁜 손놀림 속에 비행기가 활주로에 안착했다. 불과 30분 만에, 해발 고도 2,700미터의 외딴 마을로 튀어 올라온 것이다. 트랩을 내려서자 찬바람 속에서 우리를 먼저 맞이한 것은 구름을 허리에 두른, 해발 7,061미터의 닐기리 봉이었다. 가슴 뭉클하게 만드는 빼어난 자태로, 그 희디흰 이마가 아침 햇살을 받아 더욱 고고하게 빛나고 있는 닐기리 봉 하나만으로도 '신화의 마을'로 올라온 느낌이었다.

닐기리 주변, 초목 하나 없는 암갈색 산들이 빚어내는 태고의 분위기가 '세상 밖'에 존재하는 제3의 공간에 불쑥 들어선 느낌이었다. 순식간에 다른 존재가 된 듯한 기분과 함께 심장이 쿵쾅쿵쾅 뛰었다.

방콕을 거쳐 카트만두로, 카트만두에서 포카라 그리고 히말라야 깊숙한 산중으로의 고공 비행. 마치 하늘에다 물수제비뜬 것처럼 탕탕 튀어 온 공간 이동. 무엇이 나를 이 멀고 깊은 오지까지 미친 듯이 달려오게 한 것일까.

두고 온 세상, 찾아온 세상

단층짜리 조그만 건물 하나뿐인 좀솜Jomsom(해발 2,710m) 공항은 아직 본격적인 트래킹 철이 아니어선지 아침 바람에 썰렁했다. 공항을 나와, 삼툭이 안내한 어느 로지에 들어섰다. 아침을 간단히 먹고 출발 준비를 하기 위해서였다. 삼툭은 우

안나푸르나 산군과 다울라기리 봉 사이에 솟아 있는 닐기리 봉은 해발 7,061미터의 거대한 설산이다.

리를 안내한 뒤에 바로 나가더니 아카바드, 파상 그리고 그가 미리 섭외해 놓은 포터들과 함께 공항에서 짐을 옮기기에 여념이 없었다.

가파른 계단을 타고 지붕과 발코니가 이어진 로지 2층으로 올라갔다. 발코니로 나가자 아침 햇살 아래 좀솜 일대와 활주로가 한눈에 들어왔다. 가슴이 일순간에 확 터졌다. 가슴을 내밀고 무공해 아침 공기를 몇 번이고 크게 심호흡했다. 싱싱한 바람이 폐와 오장육부를 다 돌고 머릿속까지 깨끗이 씻고는 뻥 하는 소리와 함께 빠져 나가는 듯했다. 제법 쌀쌀하지만 알맞게 부는 바람에 옷자락과 머리카락이 파라라락 소리를 내며 쾌청하게 나부꼈다. 불어 오는 바람을 향해 두 팔을 들고 눈을 감았다. 그 순간 나는 바람 속의 깃발이었다. 어느 날 문득, 아등바등거리며 살던 세상을 저 산 아래 둔 채, '보이지 않는 손'에 의해 공중에 들어올려진 깃발. 온몸의 세포 하나하나까지 다 상쾌했다!

눈을 들어 하늘을 향했다. 닐기리 만년설이 눈에 한가득 들어왔다. 가슴이 또다시 울렁거렸다. 누군가, 어떤 존재인가가 나를 부르고 있는 듯한 설산의 주술은 어디서나 늘 변함이 없다. 그 때, 비행기 한 대가 마치 하강하는 독수리같이 닐기리 허리께를 대각선으로 가로지르며 활주로에 내려앉았다. 해발 2,700미터의 그림 같은 '공중 마을'에, 그렇게 새가 날고, 주술이 흐르고, 깃발이 나부끼고 있었다.

따끈한 커피를 마시며 발코니에 놓여 있는 긴 의자에 눕듯이 앉았다. 닐기리 반대편 산들이 눈에 들어왔다. '태고'의 느낌. 초목 하나 없는 황량한 산, 풍화된 암갈색 지층을 드러내고 아스라이 뻗어 있는 산들. 황막하면서도 아름다운 그 풍광이 수욱수욱 뿜어 내는 원시의 기운이 가슴을 찡하게 두드렸다. 한 번도 가 본 적 없는 고향에 들어선 것 같은 아릿함에 가슴 속이 먹먹해져 왔다.

가파른 산 아래로 보이는 손바닥만한 마을은 로지가 대여섯 개 들어서 있지만 트래킹 시즌이 아니라서 비교적 한산했다. 더러 티베트 복색을 한 사람들이 어디론가 걸어가거나 말을 타고 지나다녔고, 짐을 실은 말이며 짐 없는 말들이 길게 열을 지어 오고 갔다. 그들 사이에 트래커로 보이는 서양인들이 드문드문 어슬렁거렸고, 일감 없는 포터들이 구멍가게 앞에 쭈그려 앉아 담배 연기를 뿜어 내고 있었다. 자세히 보니 이 곳에도 인터넷 숍이 간판을 내걸고 있었다. 히말라야 산 속 깊은 마을에까지 디지털 문명이 스며들어 있는 것이 어쩐지 마음에 들지 않았다.

한동안 혼자 앉아 마을 구경을 하고 있는데 사진을 찍느라고 지붕까지 타고 넘어간 이겸이 다시 불쑥 모습을 드러냈다. 한 손에 카메라를 들고, 목까지 이어진 모자 챙을 바람에 날리며 나타나더니 아이마냥 소리쳤다.

"우이씨, 나 여기서 살 거야!"

나는 그럴 줄 알았다는 표정으로 웃음을 터뜨렸다. 이겸도 이 곳이 무척이나 좋은 모양이었다. 그의 기분을 충분히 짐작할 수 있었다. 좀솜이 초행이 아닌 나도 전보다 더 흥분해 있었다. 두세 해 전에 트래킹하러 왔을 때보다도 더 가슴 설렌 것은 무스탕에 대한 기대가 겹쳐 있었기 때문일 터였다.

로지 종업원이 아침 식사를 들고 올라왔다. 티베트 사람들이 즐겨 먹는 빵의 일종인 티베탄 브레드와 달걀 부침으로 간단히 아침을 때우고, 삼툭이 꾸려 놓은

아침 식사로 나온 티베탄 브레드와 달걀 부침.

'패키지'와 함께 카그베니로 출발하기 위해 로지 문을 나섰다. '어마어마한' 행렬

이 떠날 채비를 마치고 우리를 기다리고 있었다.

가이드 삼툭 라마, 쿡 아카바드, 쿡 보조 파상, 포터 고딸, 포터 꺼멀, 포터들이 짊어질 짐 가득 실린 도꼬(끈이 달린 커다란 광주리) 두 개, 식량과 연료와 캠핑 부속 장비를 잔뜩 실은 말 네 마리, 그리고 마부 아저씨.

스무 날의 트래킹을 위해 동원된 사람과 물자, 지나치다 싶게 많아 보였다. 그러나

무스탕 트래킹 스무 날을 동고동락한 스태프, 말과 함께. 왼쪽부터 사진작가 이겸, 마부 치링다이, 쿡 아카바드, 가이드 삼툭 라마, 쿡 보조 파상, 포터 고딸다이, 꺼멀다이 그리고 필자. 이 사진은 트래킹 후반, 탕게로 가는 도중 대짱 콜라의 물살을 스태프들의 헌신적인 노력으로 무사히 건넌 뒤 찍은 것이다.

캠핑 트래킹에는 필수적인 규모이다. 일행들을 향하여 나는 그 곳 사람들의 방식대로 두 손을 합장하며 그들과 함께 무사히 여정을 마치기를 마음 속 깊이 기원했다.

무스탕을 향한 긴 행렬이 바야흐로 움직이기 시작했다. 내 발걸음도 무스탕을 향해 나아갔다. '두고 온 세상' 을 가능한 한 의식에서 멀리 밀어내며, '찾아온 세상' 속으로 조심스럽게 들어섰다. 거친 바람이 등을 떠밀었다.

'태고太古' 속으로

행렬이 떠나기 전 파상의 보직이 하나 더 늘었다. 카메라 장비가 담긴 배낭 두 개를 그가 담당하기로 했다. 카메라 장비를 담당하는 포터를 따로 두려 했지만 삼툭과 파상 두 사람이 합의하여 파상이 그 역할을 맡기로 한 것이다. 작은 체구에 앞뒤로 무거운 배낭 두 개를 지고 안은 모습이 안쓰러워 보여 내가 물었다.

"파상, 틱챠(괜찮다, 좋다는 뜻의 네팔 말)?"

"틱챠!"

이겸이 체구 작은 그를 보며 조금 불안한 기색을 보였지만 파상이 웃는 얼굴로 괜찮다 하였으므로 그대로 그에게 맡기기로 했다. 파상은 그 뒤로 20일 동안 내내 카메라 장비를 지고 안고 다니면서도 늘 명랑했다. 게다가 이겸의 어시스턴트 역할도 톡톡히 해냈다. 첫인상이 맞았다. 처음부터 나는 그가 우리 팀의 복덩이라여겼다.

말들이 앞장을 선 행렬이 포플러나무 사이로 느릿느릿 움직이며 첫 유숙지인 카그베니를 향해 이동했다. 트래킹 허가서(좀솜 일대는 안나푸르나 국립공원에 속한 지역이라 무스탕과 별도의 허가서가 필요해, 카트만두에서 비용을 지불하고 받아왔다)를 확인하는 체크 포스트를 통과한 후 바로 나타난 작은 다리, 그 아래로 시커먼 빛깔의 칼리간타키 강이 소리를 지르며 흘러갔다. 수량이 많지는 않았지만 검은빛이 섬뜩한 느낌을 주는 물줄기였다. 빙하가 녹아 흐르는 물이라서 강물 자체는 맑지만 강바닥의 검은 진흙이 섞여 탁류로 변한 것이다. 좀솜을 거쳐 남쪽으로 계

수심 얕은 칼리간타키 강바닥을 말과 마부가 가로지르고 있다.

속 이어지는 칼리간타키 물줄기는 포카라를 지나, 네팔의 남쪽 떼라이 평원지대를 적시며, 인도까지 흘러간다. 이 강의 발원지는 무스탕이다. 그러니까 우리는 강을 거슬러 가고 있는 것이었다. 앞서 가는 말과 포터들은 강 바로 옆에 난 길을 따라 세찬 바람 속에 점이 되어 사라져 갔다. 그 뒤로 이겸과 파상, 삼툭과 나는 둘씩 짝을 이루며 앞서거니 뒤서거니 길을 걸었다. 여정 내내 그랬다.

다리를 지난 지 얼마 되지 않아 갑자기 강 폭이 수십 배로 넓어지면서 시야가 탁 트였다. 갈수기라 몇 개의 가는 물줄기가 제멋대로 흐르고 있는 강 안은 마치 쓸쓸한 광야 같았다.

강 왼편에는 지층을 드러낸 산이, 오른편에는 흙투성이 사면을 강을 향해 늘어뜨린 산들이 카그베니 쪽으로 길게 이어져 갔다. 우리는 우측 산비탈 아래 나 있는 길을 따라 가쁜 숨을 몰아쉬며 걸어갔다. 우리가 짊어진 짐이라야 고작 작은 배낭 하나였으나 해발 고도가 높아 조금만 걸어도 숨이 턱에 찼다. 해발 2,800미터 지대는 공기 중의 산소가 평지에 비해 70퍼센트 정도밖에 되지 않아서 숨이 빨리 차고 몸도 몇 배나 힘이 들 수밖에 없다. 심한 사람은 그 정도 고도에서도 고소증에 걸리는 경우가 있다. 천천히 적응해 가며 걷는 것이 상책이다.

고개가 자꾸 떨어졌다. 힘든 몸을 끌고 발끝만 보다시피 하며 산허리 몇 굽이를 돌아 어느 구릉 위에 올라섰다. 뒤돌아보니 좀솜 마을은 완전히 보이지 않았다. 바람은 더욱 거세져 몸을 날릴 듯이 세차게 불어 댔다. 바람 속에서 시야에 들어오는 것은, 침식층을 훨씬 더 드러낸 높고 황량한 산과 마른 강바닥 그리고 몇 줄기 검은 물길뿐이었다. 그 풍광이라니! 그것들끼리 서로 어울려 이룬 풍광은 측량할 길 없는 거대한 벽화였다. 태고의 벽화!

산 사면에 기대 앉아 울렁이는 가슴으로 바라보며 속으로 중얼거렸다.

'태곳적 모습이 이렇지 않았을까?'

'순수의 원색이 이런 빛깔이 아닐까?'

아무 말도 떠오르지 않고, 아무 생각도 일어나지 않았다. 한동안 손가락 하나 까딱 할 염도 내지 못한 채 바라본 것은 분명 까마득한 과거의 모습 같았다. 황량하게 끝도 없이 이어진 산과 강은 문명의 손길이라곤 조금도 타지 않은 상태였다. 세찬 바람을 가리고 간신히 담뱃불을 붙여 물었다. 그러자 비로소 현실 안에 있음을 느꼈을 만큼, '원시의 공간' 속에 빨려들어간 듯한 착각에 빠져 있었다. 하지만 정신을 가다듬고 다시 보아도 그것들은 '태고의 대지요, 태고의 하늘'로 보였다.

그들이 어떤 아우라를 뿜으며 나를 휘감았다. 그 기운을 타고 흐르는 묵직한 소리가 가슴에 울려 퍼졌다. 시인 고정희가 듣고 울음을 삼켰다는 첼로 음으로.

나직이 그러나 힘차게

소우주의 붕괴가 시작되고

그 붕괴의 갈기 날리며

우람하게 우람하게 첼로는 울었다

무스탕이 발원지인 칼리간다키 강의 시꺼먼 탁류. 빙하 녹은 물이 강바닥의 검은 흙과 엉겨 늘 탁류로 흐른다.

바람!

다시 걸음을 옮겼다. 그다지 급한 경사가 없는데도 숨은 여전히 가쁘게 차올랐다. 한낮의 더위로 흐르는 땀은 바람에 마르는가 싶더니 다시 흘러내렸다. 간간이 마주치는 하행 길의 트래커들과 눈인사를 나누며 한걸음, 한걸음 뚜벅이 행보를 계속했다. 올라갈수록 수량이 줄어드는 강바닥에서는 암모나이트 화석을 찾는 이 곳 사람들이 더러 눈에 띄었다. 인도아시아 대륙은 약 1억 년 전에는 아시아 대륙에서 분리되어 있었고, 두 대륙 사이는 넓은 바다였다. 7,000만 년 전에 인도아시아 대륙이 아시아 대륙에 부딪쳐서 그를 밀어내기 시작했고, 2,500만 년 전에서 1,000만 년 전에 걸쳐서 히말라야 산맥이 형성되었다. 그래서 히말라야 곳곳에서 조가비 등이 발견되고 있으며, 특히 좀솜 일대에는 암모나이트 화석이 많다.

강과 산에 넘치는 바람을 뚫고 어느 산모퉁이를 돌아서니, 불쑥, 출렁다리 한 가닥이 나타났다. 신기루 같은 모습으로 강 저편 높은 산을 향해 아스라이 뻗어 있는 쇠그물 다리였다. 이겸이 촬영을 마칠 때를 기다려 다리 가운데로 흔들흔들 걸어 나갔다. 아니, 바람 속으로 나아갔다. 다리 아래로 강은 제법 수심이 깊어 보였다. 다리 중간쯤에는 거센 바람이, 정말 엄청난 바람이 불었다. 바람의 길목인 것이었다. 그 때까지 맞아 보지 못한 세찬 바람이 온몸을 때렸다. 난간이 없으면 몸이 날아갈 듯했다. 그러나 싫지 않았다. 싫지 않다니, 그 바람이 얼마나 좋았던지. 어디에서 그런 바람을 만나랴. 다시 두 팔을 벌려 '깃발'이 되었다. 깃을 갈가리 찢어 놓을 듯한 바람, 탁한 마음마저 뿌리째 뽑아 버릴 듯한, 그 무량한 바람이 좋았다. 좋은 나머지, 실성한 사람처럼 소리를 질러 댔다. 마음의 탁한 먼지들이 다 빠져 나가기를 바라며 해일 같은 바람에 몸을 맡겼다. 그러면서 속에 묵혀 둔 잡심雜心들을 꺼억 꺼억 토해 냈다.

카그베니 가는 길에 만난 출렁다리.

네 자신을 증발시켜 바람에 네 몸을 맡겨라.

바람은 사막 저 편에서 너를 비로 뿌려줄 것이다.

그렇게 되면 너는 다시 강물이 되어 바다에 들어갈 수 있을 것이다.

수피즘의 우화 중에서

급기야 이겸과 나는 애들처럼, 고삐 풀린 망아지처럼 다리를 구르며 길길이 뛰었다. 한바탕 뛰고 나더니 이윽고 이겸이 다리 위에 벌렁 누웠다. 웃는 얼굴이 어린아이 같았다. 나도 따라 누웠다. 등 밑은 강물, 위는 하늘. 거풍巨風 가운데, 허공에 떠 있는 느낌. 세상이 거꾸로 가는지 뒤집혀 가는지 모를 지경이었다. 그 순간 세상이고, 인생이고, 고뇌고, 슬픔이고, 미래고, 철학이고, 예술이고 모조리 바람에 팽개쳐져 날아갔다. 바람이 내가 되고, 내가 바람이 되는 허공……. 중천의 태양 아래, 바람과 강물과 하늘과 시간이 소용돌이치며 우리를 허공에 둥실둥실 띄워 올렸다. 다시 만나기 힘든 한순간의 '자유!'

문 앞에서

바람의 출렁 다리를 아쉬운 마음으로 뒤로 하고 마른 강바닥에 들어섰다. 산에 막혀 바람은 어느 새 얌전해졌다. 터덜터덜 얼마쯤 더 걸어, 좀솜에서 카그베니까지 가는 길에서 삼분의 이 지점에 위치한 에크로바티에 도착했다. 길가에 덩그러니 자리 잡은 로지 세 개가 전부인 길목. 한 로지에서 네팔 식 볶음밥으로 배를 채우고 나른한 햇살 아래서 한동안 뭉그적거렸다. 첫날이어서 그런지 서너 시간 걸음에 몸이 축축 늘어졌다. 해 그림자도 길게 늘어져 갔다. 고지대에서는 산이 높아 어둠이 금세 찾아온다. 다시 먼지 뒤덮인 신발 끈을 조였다.

에크로바티를 떠난 지 한 시간 남짓, 사과로 유명한 카그베니 녹지대가 보였다. 삭막한 지형에서도 산에서 물이 흘러내려 오는 곳에는 이렇게 초지가 형성되어 있다. 마치 누군가 갓 녹색 칠을 해 놓은 듯 아름다웠다.

좀솜을 출발한 지 여섯 시간 만에, 카그베니의 어느 로지에 도착했다. 좀솜에서 카그베니까지는 로지가 제법 많이 들어서 있었다. 트래킹 코스에 있는 로지는 어느 집이나 약속이나 한 듯 구조가 똑같다. 아래층엔 스태프들이 묵는 방과 주방 그리고 주인 식구들이 머무는 방들이 있고, 위층엔 다이닝룸과 객실이 있다.

아래층 주방에서 아카바드가 포터들을 지휘(?)하며 저녁 준비에 한창이었다.

캠핑 트래킹의 경우, 포터는 숙박지에서 쿡을 도와 물을 떠 오거나 양파, 감자를 깎는 따위의 허드렛일을 한다. 이것은 그들 사이의 규칙이다. 그 날 처음 합류한 포터들과 아카바드 사이에 별 불만 없이 팀워크가 이루어지는 것을 보고 안심했다. 즐거운 트래킹이 되려면 그런 것까지도 세세히 신경을 써야 한다. 아무튼 아카바드의 높은 목소리와 석유 버너 소리가 아래층을 가득 메우고 있으니 무언가 대단한 저녁이 나올 것 같은 기대가 일었다.

이겸과 나는 말에 싣고 온 우리 짐을 들여놓은 위층 방으로 올라갔다. 네팔의 트래킹 코스 어디에서나 만나는, 찍어 낸 듯 똑같이 생긴 방이었다. 난방 시스템이 있을 리 없는 조그맣고 싸늘한 방에는 조그만 목조 침대 두 개가 달랑 놓여 있고, 엉성한 벽을 통해 찬바람이 숭숭 들어왔다. 대충 짐을 정리한 뒤에 우리는 로지를 나섰다. 저녁 식사 전에 한 군데 꼭 가 볼 곳이 있었다.

손바닥만한 마을의 꼬불꼬불한 골목 양 옆은 줄지어 있는 로지들이 점령했고 간

카그배니의 마을 풍경.

간이 가게와 주점이 끼어 있었다. 오가는 이 별로 없는 골목길은 해가 들지 않아 음습하고 스산했다. 골목 끝, 마을 가운데를 가로지르는 작은 개천에는 강물처럼 시꺼먼 탁류가 흘렀다. 개천 위 다리를 건너가니 다시 이어지는 골목길은 일반 여염집들이 다닥다닥 붙어 있었다. 어두컴컴하고 터널 같은 골목길이 미로처럼 이어졌다. 아이들이 누런 콧물을 훌쩍이며 놀고 있고, 두꺼운 옷에 구릿빛 얼굴을 한 티베트 풍 현지인들이 이따금 우리와 마주쳤다. 카그베니는, 비록 네팔 땅이지만, 종족도 그렇고 지리적으로나 문화적으로 거의 티베트 권역에 속해 있어 마치 티베트 어느 마을에 들어선 느낌을 받는다.

가축들이 배설해 놓은 것들을 요리조리 피해 지나간 좁은 골목 끝. 길 가운데 수십 개의 마니차가 설치된 길다란 단이 나타났다. 마니차는 "옴마니반메훔"이 새겨진, 티베트인의 기도 도구로서 원통형을 하고 있다. 그 안에는 기도문이나 불교 경전이 들어 있고, 크기는 손에 들고 다니는 것부터 마을이나 사원에 설치하는 것까지 다양하다. 티베트 불교도들은 늘 마니차와 더불어 살아가는데 마니차를 한 번 돌리면 경전을 한 번 읽은 것과 같다고 믿는다.

마니차를 일일이 돌리며 지나간 우리는 단이 끝나는 곳에 섰다. 그 곳이 바로 무스탕과의 경계 지점이다. 뚝 끊긴 듯한 길 한 쪽에는 "STOP" 표지판이 무섭게(?) 걸려 있었다. 무스탕 체류 허가증이 없는 이들의 발길을 꼼짝없이 멈추게 하는 경고판이다. 지금까지 집들로 막혀 있던 시야가 그 곳에서 다시 넓게 트이면서 아득한 풍광으로 바뀌었다. 마치 영화에서 극적인 음악 효과와 더불어 장면이 다른 장면으로 갑자기 바뀔 때 같았다.

무스탕 초입! 아스라이 펼쳐진 강, 협곡, 양 옆의 산들이 카그베니 이전까지와는 전혀 다른 기묘한 기운으로 다가왔다. 가슴이 뛰었다. 이겸과 나의 입에서 동시에 낮은 탄성이 새어 나왔다.

"아득하군요……."

"STOP" 경고판에서부터 위 무스탕이 시작된다.

이겸의 말을 내가 나직이 받았다.

"그래……, 거 참, 환장하게 아득하구먼."

머릿속이 진공 상태가 된 듯 멍했다. 왜 가슴은 또 그토록 미어지고 아린지, 까닭 없이 그랬다. 뜨거운 콧김을 내쉬며 그 아득한 풍광을 바라보노라니 협곡 맨 뒤에 자리 잡은 산 하나가 유난히 눈길을 잡아끌었다. 무언가 아득한 신호를 강하게 보내는 듯, 비밀스런 파장이 너울거리는 산. 유달리 묘한 색조의 지층 띠를 두르고서 마치 누구를 기다리고 있는 듯 옆얼굴로 앉아 있는 산. 세 해 전 그 곳에 서서 바라보았을 때도 나를 강하게 끌어당기던 저 산. 저 산을 지나면 '정토淨土'라도 나타날 듯했다. 어쩌면 정토로 들어가는 문門인 듯했다. 마치 정토에 들어가기를 희구하는 수행자마냥 한동안 숨죽인 채 그 곳을 바라보았다.

정토. 마음이 어지러울수록 더욱 열망하게 되는 곳. 종교적인 의미를 넘어, 인간 완성을 꿈꾸는 자에게 희망이자 절망인 곳. 그러나 그 곳은 결국 마음 속에 있을 뿐임을. 그것을 알면서도 저 곳 너머 어딘가에, 들어서기만 해도 심신이 깨끗해지는 정淨한 곳이 있을 것이라는 소망으로 바라보았다. 한참을 그러다 두 손을 모으고 고개를 숙였다. 그리고 기도했다. 이번 여행에서 무엇보다 내 마음을 정화시킬 수 있기를 빌었다. 이어서 우리 모두가 아무 탈 없이 무사히 이 여정을 마치기를 빌었다. 이겸 역시 합장한 자세로 무언가를 기원하고 있었다.

로지에 돌아와 다이닝룸에서 저녁을 기다리는데, 식사가 나오기 전에, 파상이 뜨거운 물이 담긴 조그만 세숫대야 두 개를 들고 들어와 그 물로 손 씻으라는 시늉을 했다. "세상에 놀래라, 이게 어인 호강이란 말이냐." 캠핑 트래킹은 이런 서비스까지 제공하는가 보다라고 재빨리 짐작했지만, 아무튼 난생 처음 남에게서 받아 본 세숫물에 놀랄 수밖에. 파상은 여정 내내 하루에 두세 번씩 물을 떠다 주었는데 그때마다 고맙고 미안하고 호사스럽다 여겼지만 굳이 말리지는 않았다. 곧이어 식사가 나올 줄 알았더니, 식사에 앞서 먼저 빵과 버터, 잼, 크래커 등, 이른바 전식이 들어왔다. '아니, 이번에는 또 웬 전식이람?' 이겸과 내가 서로 바라보며 어리둥절해했지만 삼툭은 익숙한 태도로 우리에게 전식을 권했다. 그 태도도 여간 공손한

게 아니었다. 산중의 호사치곤 대단한 호사였다. 마침내 커다란 대나무 받침 두 개에 담긴 메인 음식이 들어왔다. 삼툭이 카트만두에서 특별히 사왔다는 일본쌀로 지은 밥과 수프, 치킨 커리, 감자 요리, 야채 볶음 등등. 그리고 힘들고 귀하게 공수해 온 김치까지! 이 깊은 히말라야 산중에서 그야말로 진수에 성찬을 앞에 두니 감개무량이었다.

여정 중 처음 받아 본 식사에 우리는 감격했다. 그리고 정말 꿀맛처럼 달고 맛있게, 고마운 마음으로 저녁을 먹었다. 식사 도중 아카바드가 '의기양양' 한 얼굴로 나타나 네팔어와 영어를 섞어 가며 우리에게 물었다.

"Dinner, 틱챠, sir?(저녁, 괜찮습니까?)"

내가 대답했다.

"훈차, 데레이 미토 차(그래요, 매우 맛있어요)!"

이어서 '당신은 참 훌륭한 쿡' 이라고 추켜세웠다. 그 말에 기분이 좋아진 그가 너털웃음을 크게 터뜨리며 덧붙여 말했다.

"내가 전에, 이탈리아 사람들하고 트래킹한 적이 있는데 그 때 배운 이탈리아 음식도 여행 중에 해 드리겠습니다. 자신 있습니다."

"아, 그래요? 기대하겠습니다. 오늘 저녁 고맙습니다."

선한 눈에, 목소리가 좋고, 콧수염도 멋진 그가 나가고, 셋이서 식사를 계속했다. (가이드는 보통 스태프하고 밥 먹는 것이 관례이지만 우리는 삼툭더러 같이 먹자고 권했고, 여정 내내 그렇게 했다. 삼툭도 우리와 함께 식사하는 것이 기분 좋은 모양이었다.)

식사를 마치고 우리네 막걸리와 비슷한 티베트 전통 술 '창' 과 맥주를 마셨다. 취기가 오르자 여독이 풀리며 나른한 쾌감이 심신에 퍼져 나갔다. 그러는 사이에 히말라야 깊은 산중은 밤이 깊어 갔다. 바람이 이따금 창문을 두드릴 뿐 주위는 절간처럼 조용했다. 아래층 스태프들은 이미 잠자리에 들었는지 아무 소리도 들려오지 않았다. 감기가 들은 것 같다는 이겸은 술도 제대로 못 마시고 자꾸 콧물을 훔쳤다. 상황이 심상치 않아 보였다. 고소증이 감기로 시작되는 경우를 많이 보았던 까닭이다. 서둘러 술자리를 접었다. 방으로 가더니 이겸은 여러 가지 감기약을 입에 털어넣었다.

"심해?"

"글쎄요. 머리가 띵한 게, 혹시 '고소'를 먹은 게 아닐까요?"

"아니겠지……. 나도 고소증 걸려 봐서 아는데 우선 머리가 빠개질 듯이 아프거든. 심하면 바늘로 쑤시듯이 아프지. 어때, 머리가 그렇게 아파?"

"그냥 띵하기만 해요."

"그럼 감기일 거야. 너무 걱정 말고, 푹 자면 나아지겠지."

"네, 괜찮아지겠지요 뭐."

잠자리에 들긴 했지만 이겸 걱정에 한동안 뒤척였다. 제발 고소증이 아니기를 바라며 잠을 청했다.

바람이 또 후두둑 소리를 내며 지나갔다. 한국을 떠나온 지 엿새째. 나와 함께 온 철선은 미지의 무스탕, 그 문 앞에서 밤바람에 흔들리고 있었다.

미지未知와의 조우

미지가 주는 힘이 있다.
막힌 숨 터뜨리는 미지의 막강 힘이 있다.

젊음이여.
젊음을 잃은 이여.

쩡쩡 힘 솟는 미지와 조우하라.

그대 안의 카랑카랑한 피 다시 솟구치고
그대 안에 숨어 있는 불멸의 싹 다시 뻗친다.

지체 없이 새 길 들어, 헌 길 불사르라.
가능한 최대치의 새로운 시작과 탕탕, 마주하라.

미지未知. 아직 만나지 못한, 아직 알지 못하는, 어느 곳, 어느 것. 거기에는 분명 '알 수 없는 힘'이 있다. 그것이 장대 무비한 풍광이든, 순정한 이국 소녀의 눈망울 속이든, 거친 침상이든, 광야의 태양이든, 끝없는 철길 위든, 비바람 속이든, 처음이면, 거기, 내밀히 솟아나는 비상飛上의 샘이 있다.

절망에 빠져 있을수록, 마음의 평화를 간절히 원할수록, 한번도 가 본 적 없는 미지의 곳으로 떠나야 한다. 그것이 말뿐인 위로보다, 고통스런 현실을 넘어서는 하나의 방편일 수 있고 도약의 계기일 수 있다.

"큰 세상이 큰 생각을 품게 하고, 새로운 곳이 새 생각을 갖게 한다"는 말이 있다. 나이 고하를 막론하고 남녀를 떠나서, 자신 속에 자기도 모르게 숨겨진 보석을 만나기 원한다면 미지의 땅으로 탕탕하게 걸음을 내디뎌야 한다.

삶은 의미이다. 의미를 찾아 떠나야 한다. 그리고 떠나는 자만이 새로운 별이 된다.

카그베니 인근에서 만난 소년.

눈앞에 펼쳐진 무스탕의 하늘과 땅.

천공天空!

신의 땅(Land of Lha)에 광활하게 열려 있는 무스탕 천공.

호호막막浩浩漠漠, 말 그대로, 끝없이 넓고 아득했다.

수천의 말들이 떼 지어 달리는 듯한 고원과 하늘의 무한 지대.

'크게 있어' 대유大有라고 해야 할지, '크게 비어' 태허太虛라

해야 할지.

아, 무스탕 천공天空

마침내, 은둔의 땅으로

다음 날 아침, 이겸의 증상은 전날과 비슷할 뿐 더 악화되지는 않았다. 그 정도이길 천만 다행이었다. 전식부터 나오는 호사스러운 아침을 먹은 뒤, 카트만두에서부터 논의해 온 무스탕 안의 여정을 결정하기 위해 지도 앞에 모여 머리를 맞댔다. 여정을 어떻게 선택하느냐에 따라서 여행의 속도와 자세가 달라지는 일이라서 중요한 결정이었다. 내가 먼저 말문을 열었다.

"곰곰 생각해 봤는데, 하행 길은 역시 디 가옹Dhi Gaong을 지나 탕게Tange 쪽으로 잡는 것이 어떨까?"

삼툭은 무슨 생각을 깊이 하는지 금방 입을 열지 않았다. 콧물을 훔치며 이겸이 삼툭에게 물었다.

"삼툭도 그 코스는 처음이라고 했지요?"

"네. 아직 그 코스로 간다는 한국 사람이 없었기 때문에 가 보지 못했습니다."

"어쨌든, 지도상에 길이 있으니까 갈 수는 있는 거잖아요."

"그렇긴 한데, 그 코스 중간엔 물이 없답니다. 특히 탕게에서 츄상까지는 캠핑할 곳도 없는데 그 먼 길을 하루에 갈 수 있을지 모르겠습니다."

이겸이 심각한 얼굴로 말을 이었다.

"어쨌든 문제는 파아Pha 지역인데, 가장 높은 곳은 해발 4,400미터나 되네요."

"그래, 거기가 문제야. 게다가 누구라도 거기서 고소를 먹으면 큰일이지. 어때, 괜찮겠어?"

"글쎄요……. 하지만 로만탕까지 갔던 길을 다시 내려오는 것은 별로 마음에 안 드는데요. 까짓거 그 코스로 돌아오지요, 뭐."

"그럼, 나도 좋아. 삼툭은 어때요?"

"아카바드와 포터 두 명이 몇 년 전에 가 봤다니까, 그렇게 하시죠."

"그래요, 그럼. 그 길 갈 때 점심은 중간에 어떻게 해결하기로 하고, 마실 물은 각자 충분히 가져가도록 합시다. 그럼, 싸빠이(모두), 틱챠(좋아)?"

세 사람 모두 힘 있는 목소리로 '틱챠!' 를 외치는 것으로 여정은 결정되었다.

트래킹이든 인생길이든 모든 것은 '처음' 이 있기 마련이다. 우에무라 나오미는 인류 최초로 무보급 북극 횡단도 하지 않았던가. 장장 2년 반에 걸쳐, 그것도 혼자서. 어차피 무스탕도 우리에겐 초행길이다. 탕게, 파아 코스가 험하여 사람들이 좀처럼 가지 않는 코스라 해도, 가이드 삼툭도 가 본 적 없다 해도, 그런 만큼 더 도전해 보고 싶었다. '가 보는 거다. 이제, 출발이다!'

"흐르는 별이 그대를 돌보고, 작은 눈망울이 불꽃처럼 빛나는 꼬마 요정들도 그대의 친구가 되어 주리니."

로버트 헤릭

출발을 앞두고 말과 마부가 바뀌었다. 바뀐 마부는 로만탕 인근에 사는 삼툭의 고향 사람인데, 미리 연락을 해 놓았지만 날짜 전달이 잘못되어 그 날 아침에야 말들을 데리고 내려왔다고 한다. 새로 온 마부 치링다이('다이' 는 원래 '형' 이라는 뜻인데, 우리말의 '아저씨' 나 '아주머니' 처럼 호칭으로나 이름 뒤에 붙이는 말로 널리 쓰인다) 역시 인상이 좋았다. 특히 스머프 모자 같은 털모자를 쓴 채 잇몸을 통째 드러내고 웃는 모습이 더없이 순박해 보였다.

골목길을 따라 긴 행렬이 움직였다. 행렬은 늘 말들을 앞세웠는데 그것은 다음 목적지에 빨리 가서 짐을 내려놓고 쉬게 해 줘야 했기 때문이다. 포터 꺼멀다이와 고딸다이도 무거운 고또를 이마에 지고 성큼성큼 앞서 나갔다.

이 날의 행선지는 탕베Tangbe 마을이었다. 전날 미리 가 보았던 마을의 끝, 'STOP' 표지판 위에 위치한 체크 포스트에 무스탕 체류 허가증을 제시했다. 허리춤에 찬 전대에서 비닐 봉지에 꽁꽁 싼 허가증을 꺼낼 때 류배상 씨의 말이 생각나 피식 웃음이 났다. 카트만두 '우리집' 에서, 미리 발급받은 허가증을 전대에 넣으려는 참에 그가 정색을 하며 말했다. "아니. 그걸 그렇게 그냥 넣는단 말이에요? 물에라도 젖어 못 쓰게 되면 여기 카트만두까지 다시 와서 재발급받아야 하는데요." 그의 말이 일리가 있어 우리는 비닐 봉투에 허가증을 넣고 그야말로 신주단지 모시듯 지니고 다녔다.

허가증에 도장을 받고, 두터운 옛날식 장부에 서명을 한 후 체크 포스트를 나와 스톱 표지판 아래에 섰다. 그리고 무스탕 초입을 바라보며 심호흡을 크게 한번 한 다음, 굳이 발을 높이 들어, 보이지 않는 '금' 을 넘었다. 그렇게 우리는 2004년 8월 16일 은둔의 땅, 무스탕에 들어섰다!

문명에서 비문명으로, 현재에서 600년 은둔의 과거로, 한순간에 시공간의 차원이 바뀌었다는 느낌은 정말 남달랐다. 금단의 땅에 들어섰다는 생각에, 가슴은 뛰고 얼굴은 달아올랐다. 영화의 슬로우 모션을 보듯 그 짧은 시간이, 발을 내딛는 한

걸음의 동작 하나하나가 극단적으로 강조되어 느껴졌다. 드라마틱한 발걸음이었고, 쾌재의 순간이었다.

표지판 밑 모퉁이를 돌아서자마자 길은 종 콜라Jhong Khola('콜라'는 작은 강 또는 계곡이라는 뜻의 네팔 말) 계곡으로 곤두박질쳤고, 무스탕 입성을 쉽게 허락할 수 없다는 듯 매우 가파른 언덕으로 이어졌다. 가쁜 숨에 쩔쩔맸지만 무량한 기쁜 마음으로 언덕에 올라섰다. 시야가 탁 트여 무스탕의 길과 산, 강, 구름, 하늘이 한눈에 가득 들어왔다. 흥분으로 달아오른 얼굴로 금단의 땅, 오랜 은둔의 땅, 그 미지의 땅을 바라보았다. 무스탕의 초경初景이 거대한 스크린에 느리고 힘차게 일렁였다. 그리고 알 수 없는 은은한 파장이 투명한 공기를 뚫고 너울거리며 내게 왔다.

두근거리는 가슴으로 바람 세찬 길에 올랐다. 흥분은 좀처럼 가라앉지 않았다. 이겸도 꽤 상기된 얼굴이었고, 오랜만에 고향 길에 들어선 삼툭의 얼굴도 전에 없이 들떠 보였다. '금' 하나의 차이가 그토록 컸다. 우리는 무엇인지 모를 비의秘意를 담고 있는 듯한 풍광에서 눈을 떼지 못하고 마치 외계의 어느 지역을 탐사하는 사람들처럼 두리번거리며 걸음을 옮겼다. 비교적 평탄한 지대에 뻗어 있는 푸석푸석한 길에서 한층 거세진 바람에 흙먼지가 날렸고, 따가운 햇살 아래 아지랑이가 피어올랐다. 모든 것이 새롭게 느껴지는 길 위에서 쾌감과 설렘으로 가슴은 제멋대로 출렁였다.

길 왼쪽 급사면 아래로 칼리간타키 강은 계속 검은 물길로 흐르고 있었다. 하지만 갈수록 물줄기의 수와 수량이 줄어들었고, 그만큼 많이 드러난 마른 강바닥을 세찬 바람이 훑고 지나갔다. 강 건너에는 사람이 살고 있는지 없는지 모를 티리 가웅Tiri Gaon 마을이 괴괴하게 웅크리고 있고, 강 위쪽 멀리로는 주변과 극적인 색대비를 보이는 탕베 마을의 녹색 초지가 어렴풋이 눈에 들어왔다.

갈수록 호흡이 가빠져 어느 길모퉁이를 돌아 털썩 주저앉았다. 오가는 이 전혀 없는 길 위에는 우리 스태프들만이 점점이 흩어져 앞서 나가고 있었다. 파상과 함께 촬영하느라 뒤에 처진 이겸은 어디쯤 오고 있는지 보이지 않았다. 이겸을 기다릴 겸해서 짊어진 작은 배낭을 등받이 삼아 비스듬히 누웠다. 말수 적은 삼툭은 카그베니에서 산 사과 봉지를 들고 그림자처럼 말없이 내 옆에 앉아 있었다. 나 역시 아무 말 없이 내리쬐는 태양에 어른거리는, 오래된 벽화 같은 풍광에 몽롱한 시선을 던졌다. 담배 한 대를 피워 물었다. 길게 뿜어 낸 연기 속에 고적감이 찾아들었다. 모든 것이 정지되어 있는데 내 시간만 흘러가고 있는 듯했다.

그 고적을 깨고 문득 덩그렁 덩그렁 하고 등 뒤에서 방울 소리가 들려왔다. 티베트 복색을 한 여자가 의젓한 모습으로 말을 타고는 모퉁이를 돌아 나왔다. 좀솜이나 카그베니에서 흔히 보던 이 곳 사람의 모습이었건만, 꼭 오랜 과거로부터 먼 길을 온 태고의 사람으로 느껴졌다. 여자는 삼툭과 잘 아는 사이인지 반갑게 인사를 나누더니 나에게도 "나마스테"하고 인사말을 건넸다. 두툼한 천을 깐 안장 위에 멋진 모습으로 앉아 있는 여자 옆으로 어느 틈에 이겸이 모습을 드러냈다. 이겸은 허락을 구한 뒤에 사진을 찍었다. 말 위에서 여유 있게 웃으며 포즈를 취해 주더니 여자는 곧 무스탕 안 쪽으로 까딱까딱 하며 사라졌다. 갑자기 나타난 '과거의 사람'이 다시 과거 속으로 스르르 들어가는 듯한 착각이 일었다. 그 뒤로도 무스탕에서 만난 그 곳 현지인들은 좀처럼 현재를 살고 있는 사람같이 보이지 않았다.

삼툭과 나는 사진을 찍느라 아무래도 걸음이 더딘 이겸, 파상과 적당한 거리를 두

탕뼤 마을로 가던 도중에 만난 아낙. '과거'에서 툭 튀어나온 사람 같은 느낌이었다.

고 다시 앞서 걷기 시작했다. 주변 풍경을 연신 카메라에 담는 이겸은 벌써부터 무스탕의 풍광에 단단히 매혹된 듯했다. 사진을 찍는 틈틈이 이겸이 파상에게 무언가 열심히 설명했다. 파상이 촬영 보조 역할을 제대로 하려면 촬영 장비에 대해 빨리 이해해야 해서였다. 이겸이 가져온 카메라의 종류가 다섯 개, 렌즈도 다섯 개다. 촬영 포인트마다 다른 카메라와 렌즈를 재빨리 삼각대에 바꿔 올리려면 파상이 그 이름부터 빨리 습득해야 했다. 값비싼 장비들을 내 몸처럼 소중하게 다루는 일은 파상에게 어렵지 않았으나, 장비 이름을 일일이 익히는 것은 쉽지 않았을 터이다.

파상에게 할 만하냐고 말을 건넸다.

"어때 파상, 틱챠?"

파상이 고개를 가로저으며 대답했다.

"틱챠."

이 곳 사람들은 "그렇다"고 대답할 때 우리와 반대로 고개를 가로젓는다. 외국인들은 처음에는 그런 모습에 무척 당황하는데, 그도 그럴 것이 고갯짓은 "아니" 하면서 대답은 "그래" 하니 헷갈릴 수밖에 없다. 이렇게 다른 보디 랭귀지 관습에 익숙해지려면 외국어가 그렇듯이 시간과 경험이 필요하다. 파상과 이야기하는 이겸을 보니, 이미 들어 알고는 있지만, 계속 헷갈려하는 표정이 역력했다.

네 사람은 한동안 나란히 걷다가 자연스레 또 둘씩 나뉘어 거리가 떨어졌다. 선두의 스태프들과 너무 벌어졌다 싶어 삼툭과 나는 길을 서둘렀다.

멀리 앞서 가는, 짐 실은 말과 포터들이 시야에 들어올 무렵, 평탄하던 길이 갑자기 급경사를 이루며 산허리를 실처럼 간신히 돌아나갔다. 검은 흙탕물 옆, 산 그림자로 으스스해 보이는 길이 갈수록 가파르게 내리닫더니, 강 물살에 끊어질 듯하다가 다시 이어져 갔다. 바짝 긴장을 하며 걸었지만 몸은 자꾸 비탈 쪽으로 기울고, 기운 발길에 채인 잔돌들이 강으로 먼지를 일으키며 떨어져 내리곤 했다. 그럴 때마다 가슴이 철렁 철렁 내려앉았다.

한 고비를 넘기고 잠시 숨을 고를 때였다. 삼툭이 저 멀리 앞선 마부를 향해 손짓하며 다급한 소리로 고함을 쳤다. 놀라서 바라보니, 치링다이가 길이 강에 거의 잠겨 끊긴 듯이 보이는 지점에서 머뭇머뭇하다가 말들과 함께 강을 건너려고 하는 것이었다. 삼툭이 위험하다고 계속 소리를 쳤지만 들리지 않는 모양이었다. 보다 못한 삼툭이 쏜살같이 달려가는 중에 치링다이는 이미 말들을 강으로 몰아넣기 시작했다. 처음 겪는 위기였다. 만일 말과 사람이 물에 휩쓸리기라도 한다면……. 상상조차 하기 싫었다. 그저 그들이 무사히 강을 건널 수 있게 해 달라고 비는 것밖엔 할 수 있는 것이 아무 것도 없는 내 가슴은 바싹바싹 타 들어갔다. 나도 허겁지겁 잰 걸음으로 삼툭의 뒤를 쫓아갔다. 말들과 치링다이는 벌써 물 속을 반쯤 건너가고 있는 중이었다. 그런데 급사면에 간신히 걸쳐 있는 길을 서둘러 가던 나도 위험을 느꼈다. 자칫하면 내가 강으로 떨어질 판이었다. 내 발끝을 보다 말이 있는 쪽을 보다 하며 간신히 가까이 도착했을 때, 그들은 강을 건너 마른 강바닥을 유유히 걸어가고 있었다. 삼툭이 강 건너 치링다이를 향해 무어라 나무라는 소리를 지르는 옆에서 비로소 안도의 큰 숨을 내쉬었다.

"큰일 날 뻔했지요?"

삼툭이 여전히 화가 난 표정으로 대답했다.

"네. 이런 깊이가 가장 위험합니다. 이 곳 사람들은 차라리 아주 깊은 물은 잘 건

당베 마을

너는데, 깊이가 허리춤 정도 되는 물길에서는 이상하게 겁을 먹고 쓸려내려 갑니다. 무사히 건너가서 정말 다행입니다."

한참 뒤에 도착한 이겸, 파상과 함께 한 사람씩만 간신히 지나갈 수 있는, 길 아닌 길을 헤쳐 평탄한 곳으로 빠져 나갔다. 그렇게 아슬아슬한 길은 처음이었다.

해가 서서히 기울 무렵, 메마른 대지가 딱 그만큼으로 숨을 쉬고 있는 듯한 조그만 초지 위의 탕베 마을에 도착했다. 사각형 집 여남은 채가 다닥다닥 붙어 있는 마을에는 제법 키가 큰 포플러나무 잎사귀들이 햇빛에 반짝였다. 산에서 내려온 깨끗한 물도 수로를 통해 흐르고 있었다. 그러나 마을은 어쩐지 스산한 느낌이 들었다.

마을 입구에 마중 나온 치링다이를 보자마자 삼툭은 아까 그 일로 그를 몹시 나무랐다. 그래도 치링다이는 천진한 아이마냥 그저 잇몸을 모조리 드러내고 웃을 뿐이었다. 그를 따라 터널같이 어두컴컴하고 좁은 골목으로 들어섰다. 골목 중간, 무스탕 첫 숙박지로 정해진 집의 작은 문을 인사하듯 고개를 구부리고 들어갔다. 처음 가 보는 어느 혹성의 관문으로 들어가는 느낌이었다.

첫날 밤

집 안은 좁고 어둑했다. 손바닥만한 땅에서 경작지를 뺀 나머지 땅에 세운 무스탕의 집들은 작고 좁을 수밖에 없다. 일년 내내 부는 바람과 추위를 견디기 위해 창문이 거의 없는 밀폐식 집은 자연히 어둡다. 좁고 어두운 집에서 그나마 숨통을 틔워 주는 곳은 집 가운데 지붕에 뚫어 놓은 조그만 사각 구멍이다. 통나무를 세로로 쪼개 홈을 판 사다리를 그 곳에 걸쳐 놓아 지붕 위로 오르내릴 수 있게 한 장치인데, 그 구멍으로 햇빛이 겨우 들어오고 연기나 먼지가 빨려나간다.

먼저 도착한 스태프들은 좁은 공간을 비집고 식사 준비에 한창이었다. 실내가 워낙 답답하고 있을 곳이 마땅치 않아 우리는 사다리를 타고 지붕 위로 올라갔다. 굵은 나무를 바둑판처럼 깔고 그 위에 얇고 네모난 돌을 이어붙인 뒤 진흙을 덮어 마무리한 지붕은 발을 구르거나 걸으면 출렁출렁 움직였다. 우리가 걸어온 길이 한눈에 내려다보이는 지붕 위에는 여러 개의 룽다가 바람에 펄럭이고 있었다. 룽다는 티베트 불교의 종교 양식 중 하나인데, 불교 경전이나 그림이 새겨져 있는, 위아래로 긴 사각 깃발을 솟대에 매달아 놓은 것이다. 모두 티베트 불교도들인 무스탕에서는 집집마다 지붕 위에 룽다가 서너 개씩 세워져 있다. 탕베 마을부터 '깃발의 땅' 이 시작되는 셈이다.

룽다 아래, 좁디좁은 골목들 사이로 다닥다닥 붙어 있는 집들은 그렇게 서로 어깨를 붙여 바람을 막아 내고 있었다. 이따금 미로 같은 골목길을 총총히 지나가는 두터운 옷을 입은 사람들은 척박한 곳에서 질기게 숨을 이어 가는 거친 뿌리 같아 보였다. 집도, 사람도, 녹색도 용케 오랜 세월 숨 붙여 사는 이 외딴 마을에 빠른 속도로 내려앉는 땅거미로 회색조의 마을이 더욱 음산한 기운을 더해 갔다.

무스탕 트래킹 첫날. 그것을 기념하고 스태프들 기운도 북돋을 겸해서 닭을 잡았다. 그런데 집주인이 어디선가 잡아온 닭이 삼툭이 보기에는 몹시 못마땅한 모양이었다. 주인과 삼툭 사이에 가벼운 실랑이가 벌어진 것 같아 다가가서 웬일인가 물었다.

"왜, 닭이 무슨 문제가 있어요?"

이미 털까지 뽑아 놓은 닭을 보고 하는 삼툭의 대답이 걸작이었다.

"닭들이 힘이 없어 보여요. 이거 '캔슬' 닭이에요."

'캔슬' 닭? 닭의 상태가 좋지 않아 못쓰겠다는 뜻으로 '캔슬cancel' 이라는 표현을 쓰는 것이 재미있어서 이겸과 나는 그만 웃음을 터뜨렸다. 삼툭은 우리가 왜 웃는지 이해할 수 없다는 표정이었다. 아무튼 삼툭이 계속 불평을 하자 그 '캔슬 닭'은 어디론가 사라지고, 누군가 우스개로 이름 붙인 '뉴 닭' 이 새로 등장했다. 이런 우여곡절 끝에 식사 준비가 다 되자 접이식 조그만 철제 테이블을 지붕 위로 올려갔다. 카트만두부터 갖고 온 식탁이었다.

저무는 무스탕 하늘 아래에서 전식으로 시작되는 훌륭한 저녁을 맛있게 먹었다. 지붕 위에서 아스라한 산과 계곡을 바라보며 먹는 만찬이라니. 그 맛, 그 분위기는 세상의 어떤 근사한 만찬이라 해도 따라올 수 없는, 대단한 것이었다.

스태프들도 지붕 아래서 도란도란 얘기꽃을 피워 가며 식사를 했다. '뉴 닭' 은 별식일 뿐, 그들의 주식은 '달바트' 였다. 달바트는 그들이 늘 먹는 일상식으로서, '달'은 콩죽, '바트' 는 밥이라는 뜻이다. 그들은 수저 따위는 쓰지 않고 오른손으로 밥을 먹는데, 손으로 '달' 을 묻혀 바트에 오물오물 버무려 조그만 주먹밥 형태로 만들어 먹는다. 밥과 함께 반찬이라는 뜻의 '타르카리' 를 곁들이는데, 그 재료는 감자, 콜리플라워, 푸른 채소 약간이다. 둥근 식판에 달바트와 타르카리를 함께 담아 먹는 그들은 설거지가 필요 없을 만큼 깨끗하게 먹는다. 결코 음식을 남기는 법이 없다.

저녁을 마치고 화덕이 있는 1층 주인 방으로 들어갔다. 방 밖이나 안이나 모두 흙바닥이었다. 쇠똥이 타고 있는 조그만 화덕은 제법 방 공기를 덥혀 주었고 운치도 있어 보였다. 슬몃 술 생각이 나던 참에 마부 치링다이가 불쑥 창 주전자를 갖고 들어왔다. 잇몸 드러낸 웃는 얼굴로 엄지손가락을 내밀어 아주 좋은 술이라는 시늉을 하며 거푸 세 번 내 잔에 첨잔을 했다. 그것이 그네들의 주법이었다. 술맛이 정말 좋았다. 알고 보니, 그 술은 치링다이가 로만탕 근처 자기 집에서부터 가져온 귀한 것이었다. 창은 막걸리와 비슷한데 맛은 맑았으며 한기도 없애 주고 몸의 피로도 풀어 주었다.

감기로 계속 코를 훌쩍이는 이겸을 위해 술자리를 일찍 파하고 지붕 위로 올라갔다. 짙은 먹구름을 품고 낮게 내려앉은 밤하늘. 불빛 하나 새어 나오지 않는 집들이 검은 실루엣으로 밤공기에 웅크리고 있었다.

칠흑 같은 밤 … 돌고 돌아 온 먼 길이 밤에 잠겨 있다 … 결국 오고야 만 곳 … 밤 속에 묻혀 가는 의식, 시간, 감각 … 무서운 적막 … 여명은 다시 찾아올 것이다 … 어둠 속에서도 보이는 … 생명의 순환 … 무스탕의 첫 밤 … 두터운 밤 …

지붕 한 귀퉁이의 작은 방에서 무스탕의 첫날 밤을 뉘었다. 세상 밖으로 퉁겨져 나온 듯한 밤. 그 고립감이 좋으니 내 안에는 필경 역마직성驛馬直星의 피가 넘치는가 보다.

눈동자

이튿날, 간단한 아침을 먹은 뒤 출발하려고 사다리를 타고 내려갈 때였다. 바깥에서 웬 젊은 처자가 하나 들어왔다. 얼핏 눈이 마주치는 순간, 가슴이 철렁 내려앉았다. 스물 가까워 보이는, 무표정한, 정말 무표정한 모습의 처자. 하지만 눈, 처자의 눈이 예사롭지 않았다. 몰래 계속 훔쳐보았다. 그녀가 조그만 바구니에 담아온 몇 가지 열매를 본 집주인이 중국산 라면 몇 개를 가져와 그녀에게 건넸다. 그녀는 한마디 말도 없이 우두커니 라면을 들고 시끌시끌한 실내를 바라보고 서 있었다. 그녀를 뚫어져라 살피는 내 눈과 그녀의 눈이 마주쳤다. 감전이라도 된 듯 온 몸이 전율했다. 그녀의 표정은 무심했다. 얼음장 같이 차가운 동시에 뜨거운, 기이한 눈.

그 눈동자 안에 바람이 불었다. 무스탕의 모진 바람이 불었다. 돌도 녹일 듯한 태양이 이글거렸다. 먼지가 일고 달이 보이고 꽃이 보였다. 신비의 샘인 듯도 했다. 몸서리치게 아련했다. 무엇인가 바라보지만 바라보지 않는 듯한 체념의 눈. 초라한 행색, 그 안에 감춰진 매혹의 눈. 카그베니에서 바라보던 산처럼 아득한 눈을 가진 저 처자는 어떤 생각으로 세상을 보고 있을까. 나는 아예 그녀의 눈동자에 함몰되어 버렸다.

희망도 절망도 애초에 없는 듯한, 사랑도 미움도 녹여 낸 듯한, 슬픔의 원초인 듯한, 다른 세상에서 온 듯한, 닿을 수 없는 다른 세상을 보는 듯한, 오래도록 내 가슴에 인각될, 저 눈동자……

탕베 마을 민박집에서 만난, 눈빛이 인상적인 어느 처자.

처자가 나가자 머리 속이 텅 비었다. 한동안 멍한 눈으로 문을 바라보았다. 쫓아가서 한 번 더 그 눈동자를 보고 싶었다. 눈동자. 무스탕의 눈동자.

벽

탕베 마을을 떠나 두 시간쯤, 탕베보다 훨씬 큰 마을인 츄상Chussang(해발 2,980m)에 도착했다. 우거진 숲 사이사이로 수량이 꽤 풍부한 맑은 물이 흐르고 커다란 고목도 있었다. 주민들도 제법 많이 오가고 나무 그늘 아래에는 노인들이 한가하게 앉아 있다가 지나가는 우리와 눈인사를 나누었다. 작은 로지에서 점심만 해결한 우리는 곧 쩰레를 향해 이동했다. 탕베 마을 처자의 눈동자가 계속 발길에 밟혔다.

마을 끝에 다다르자 칼리간타키 강 지류로 보이는 꽤 넓은 개천이 우리를 가로막았다. 본류와 마찬가지로 검은 탁류로 흐르는 개천은 그리 깊어 보이지도 넓지도 않았지만 유속이 대단히 빨랐다. 검은 물 속에서는 돌 부딪치는 소리가 소름 돋게 들리는데 어디를 봐도 다리가 없었다. 난감했다. 마을이 버젓이 있는데 다리가 없다? 알아본 즉, 큰 비 뒤에 쓸려 내려간 다리가 아직 복구되지 않았다는 것이다. 그럼 말을 타거나 맨발로 건널 수밖에 없는데 말들은 짐을 싣고 벌써 건너가 보이지 않았다. 하는 수 없이 신을 벗고 건너야 했지만 자신이 없었다. 자칫 구르는 돌에 발목 부상이라도 당하면 큰 낭패라서 어찌할 바를 모르고 있을 때, 마침 근처에 어슬렁거리는 건장한 마을 청년에게 삼툭이 청을 넣었다. 그가 이겸과 나를 차례로 업어 건네주었다. 삼툭과 파상은 맨발로 무사히 건너왔다. 청년에게 가볍게 사례한

젤레 협곡.

후 길을 재촉했다. 다 커서 누구에게 업혀 물을 건너 보기는 처음이었다. 아무튼 그 청년이 아니었다면 어떤 일이 벌어졌을지 몰랐다. 문득, 나는 누군가에게 꼭 필요한 다리가 된 적이 몇 번이나 있었을까 하는 생각이 스쳤다.

뜨거운 햇살 아래 무방비로 드러난 팔뚝이 구릿빛으로 익어 가는 하오. 녹지대가 끝나는 어느 모퉁이를 돌아설 때였다. 조금 전부터 숲 사이로 언뜻언뜻 보이던 것이 눈앞에 가득 들어왔다. 비바람에 침식된 지층을 유난히 크게 드러낸 커다란 산. 카그베니에서 바라볼 때 그토록 아득해 보이던 바로 그 산이었다. 끝없이 넓게 펼쳐지고 아득히 높이 솟은 그것은 산이라기보다 거대한 벽이었다!

눈을 조금만 좌우로 돌려도 굴곡지어 보이는 큰 벽. 아름답게, 그러나 뽐내지 않으며 장중히 서 있는 벽. 만 년 세월이었을까, 만 년 고난이었을까. 그것을 버텨 낸 기상이 칠색 지층 띠에 옹골찼다. 바로 저 기세, 저 기운이 카그베니까지 아득히 출렁거린 것이다.

겉옷을 벗고 속을 드러낸 무스탕의 비경에 취해 마른 강바닥을 가로질러 그 거대한 벽 가까이로 다가갔다.

한눈에 도저히 담을 수 없는 벽이 무수히 많은 빛들을 폭포수처럼 쏟아 냈다. 그 빛에 데었나, 가슴이 뜨겁게 달아올랐다. 웅장하고 장엄한 합창이 들려왔다. 수천 수백의 목어木魚 두드리는 소리가 귓전을 울렸다.

내 미망迷妄을 후려때리는 듯한 소리. 아찔했다. 쓰러질 것 같았다. 그래도 석고상처럼 서서 벽을 바라보았다. 벽이 나를 바라보았다. 누군가 빛검을 들고 벽에서 튀어나와 어지럽고 복잡한 마음을 쪼갠다. '쪼개지자. 남김없이 쪼개지자.' 협곡을 더 깊이 파낼 듯 바람이 몰아쳤다.

후련했다. 눈물 나게 후련했다. 벽도, 바람도, 나도 펄펄 살아 있었다.

무스탕 히 말리야!

협곡 가장자리로 폭 좁은 물줄기로 흐르는 강을 따라 벽은 계속 이어졌다. 그 벽 맞은편의 풍광도 예사롭지 않았다. 세월에 풍화되고 물에 침착되어 기괴한 조형을 이룬 산들이 중생대 파충류 모습을 띠고 하늘을 찌를 듯 솟구쳐 올라 있었다. 츄상을 기점으로 무스탕의 풍광은 완전히 새롭게 바뀌었다.

우리 네 사람 외에는 아무도 보이지 않던 강바닥에 중년의 남자가 말을 타고 홀연 나타났다. 삼툭과 잠시 말을 나누더니 그는 이내 상류 쪽으로 모습을 감추었다. 도무지 현실감이 들지 않았다. 탕베를 향하던 도중에서 만났던 여자와 마찬가지로 그 역시 시공간을 뚝 끊고 나타나 다시 신기루처럼 사라지는 듯했다. 이겹의 말마따나 우리는 갑자기 이상한 해저(그는 자꾸 그 지역이 바다 밑일 것이라고 되풀이 말했다) 공간에 들어와 있는 것일까? 그런 억측이 들 만큼 무스탕의 풍광은 점점 아리송한 공간으로 우리를 끌고 갔다.

협곡 상단은 말굽 형태의 빙 두른 산들로 완전히 가로막혀 있어 보였다. 하지만 가까이 가서 보니 산과 산 사이가 수직 벼랑을 이루고 있고, 그 틈으로 물줄기가 흘러나왔다. 그 아찔하고도 신기한 모습에 절로 탄성이 새어 나왔다. 더욱 놀라운 것은, 물길 위에 걸쳐진 조그만 철제 다리 위 수직 절벽 중간에 뚫려 있는 동굴들이었다. 삼툭의 설명인즉, 옛날에는 그 동굴이 라마승의 수행처로 사용됐다 하는데, 아무리 살펴보아도 평지에서부터 30, 40미터 높이에 있는 동굴로 오르는 길은 보이지 않았다. 예전엔 있던 길이 풍화되어 없어졌는지는 모르지만, 아무튼 동굴 안에서는 어느 고승이 참선 정진 중일 것 같은 신비감이 느껴졌다.

다리를 건너가 강바닥에 드러누웠다. 누운 채로, 감탄과 흥분을 서서히 가라앉히면서 나도 이 기묘한 공간 속에 자연스럽게 동화되어 보려고 했다. 그러고 있는데 갑자기 뜻하지 않은 사람이 옆에 나타났다. 포터, 고딸다이였다. 우리보다 훨씬 앞서 선두에 가고 있을 사람이 손에 웬 주전자를 들고 갑자기 나타난 것이었다. 무슨 일인가 싶어 얼떨떨해 있는 우리에게 그는 레몬차를 한 잔씩 따라 주었다. 쩰레 마을에 먼저 도착한 아카바드가 우리를 위해 고딸다이에게 들려 보낸 것이었다. 멀고 가파른 길을 되돌아온 고딸다이는 피곤한 기색도 없이 밝은 표정이었다. 가운데로 몰린 양눈에 콧수염을 기르고 우스꽝스러운 모자를 걸친 그

레몬차를 들고 먼 길을 되돌아와 준 포터 고딸다이.

의 얼굴은 언제 보아도 웃음이 날 만큼 재미있는 모습이었다. 그는 여러 자식들을 공부시키기 위해 마흔이 가까운 나이에도 포터 일을 계속한다고 했다.

차를 마신 후, 그 곳부터 이어지는 거의 직각에 가까운 급사면을 오르기 시작했다. 보기에도 무시무시했지만 막상 올라가니 저절로 침이 흘러나올 만큼 고통스러웠다. 몇 걸음 오르다 쉬고, 또 쉬고. '쉴새없이' 쉬었지만 구릉 위까지는 좀체 길이 좁혀지지 않았다. 그 오르막은 그 때까지 걷던 중 가장 힘든 코스였다. 정말 눈이 튀어나올 만큼 힘든 길이었다. 그 날 뒤로 그보다 더 힘든 길을 수없이 올라야 했지만, 그 때로서는 이렇게 힘든 길은 두 번 다시 가지 않겠다고 마음먹을 정도의 '지

츄상을 지나 쩰레 마을에 이르러 바라본 츄상 쪽 풍경. 히말라야 산맥이 황량하고 아름다운 풍광을 그리고 있다.

옥 길' 이었다. 이를 악물고 30, 40분 쯤 기어오른 끝에 구릉 위에 이르러 포플러나무 그늘 아래 고꾸라지듯이 엎어졌다. 눈도 제대로 뜰 수 없고, 어디서 나오는지 모를 가쁜 숨을 끝도 없이 내뱉다가, 가까스로 고개를 들었다. 그리고 눈앞에 펼쳐진 휘황한 광경에 놀라 소리를 지르고 말았다.

발 아래로, 조금 전에 우리가 지나온 거대한 벽과 계곡, 그리고 그 너머로 멀리, 무수한 구름을 거느린 히말라야 산맥이 펼쳐져 있었다. 하늘 병풍을 이룬 장쾌한 히

말라야 산맥! 갑자기 정신이 번쩍 들며 온몸이 새로운 힘으로 출렁이었다. 네팔에
온 지 여드레째, 비로소 그 모습을 온전히 드러내며 우리를 맞아 준 히말라야는 눈
을 의심할 만큼 기막힌 선경仙境이었다. 이겸과 나는 감탄사를 연거푸 토해 냈다.

　"엑땀 라므로(참으로 아름답다)!"

　눈 앞에 펼쳐진 히말라야의 장관은 그 어느 때보다도 빼어난 절경을 보여 주었
다. 여러 차례 히말라야를 보았지만, 그 때처럼 아름답고 경이로운 히말라야의 모

습은 일찍이 본 적이 없었다. 무스탕 안으로 한걸음 한걸음 더 깊이 발을 들여놓을수록 무스탕의 자연은 이렇게 비경을 한겹 한겹 더해 갔다. 무스탕 히말라야의 풍치에 흠뻑 취한 채로 우리는 그 자리에 한참 머물렀다. 얼마나 지났을까, 길을 서둘러야 했기에 아쉽게 자리를 털고 일어나 포플러 열 지어 선 쩰레 마을 길로 접어들었다.

쩰레Chele(해발 3,050m)는 지리적으로 무스탕 안쪽으로 들어가는 길목을 꽉 틀어쥔 천연의 요새 같은 마을이다. 오후 햇살에 평화로워 보이는 마을에서는 아이들이 뛰어다녔고 어른들은 트래커를 오랜만에 보는지 우리를 향해 반가운 눈길을 보냈다. 마을 공동 수도에서는 산에 박은 파이프를 통해 맑은 물이 흘러나왔고, 젊은 여자 하나가 긴 머리를 감고 있는 중이었다. 뜻밖에도 그 곳에는 로지가 있었다. 마을에서 가장 높은 곳에 번듯하게 세워진 3층짜리 로지였다. 옥상 방에 짐을 풀고 발코니에 나가 서니, 경관이 그만이었다. 앞에는 가로로 길게 늘어선 암갈색의 산들, 오른편 아래로는 깊은 협곡, 멀리는 구름 가득한 히말라야 산맥이 한 눈에 들어왔다.

풍치 감상도 좋지만, 머리가 근지러워 견딜 수가 없었다. 사흘 동안 땀에 찌든 머리를 벅벅 긁다가, 파상과 함께 비누와 수건을 들고 공동 수도로 갔다. 웃통을 벗고 머리에 물을 들이댔다. 비누를 찾으려고 더듬거리는데, 눈앞에 웬 손이 불쑥 들어왔다. 일회용 샴푸 봉지를 내미는 파상의 손이었다. 이 산 중에서 샴푸라니, 놀란 눈으로 녀석을 보니 입을 길게 찢으며 웃고 있었다. 받아든 샴푸가 햇빛에 색등色燈처럼 반짝였다. 샴푸가 파상의 마음처럼 순정한 꽃으로 보였다. 가뜩이나 고마운데 파상은 내 귀 뒤에 남아 있는 비누 거품까지 씻어 주었다. 내가 머리를 말리는 사이에 파상도 머리를 감았다. 그런데 그는 내가 들고 온 비누로 머리를 감는 것이 아닌

로지 옥상에서 바라 본 쩰레 마을.

가. 손으로 감은 머리를 수건도 없이 터는 그에게 내 수건을 건넸다. 그는 다시 입을 길게 벌려 웃으며 어설픈 우리말로 물었다.

"백 션생님, 틱챠?"

"그래, 데레이 데레이 틱챠!"

촬영 조수 역할까지 훌륭히 해낸 파상 구룽.

파상 구룽. 금요일에 태어나서 이름이 파상이고, 구룽은 성이다. 열아홉 살 파상은 무스탕이 고향이다. 작은 몸집에 무거운 배낭 두 개를 안고 지고 다니면서도 힘든 기색 없이 열심히 '임무'를 수행하고 있는 그였다. 그 모습이 안쓰럽고 기특해

틈나는 대로 사탕도 초콜릿도 나눠 먹으면서 탈은 없는지 몸은 괜찮은지 계속 살펴오던 터였다. 더러 걱정이 될 때마다 "틱챠?"하고 물어 보면 대답은 언제나 웃는 얼굴로 "틱챠!"였다. 며칠 되지 않았지만 웃을 때마다 옆으로 길게 벌어지는 입과 맑은 눈이 망아지 같은 인상을 풍기는 파상과는 그새 정이 담뿍 들었다. 이심전심, 히말라야 깊은 산중 마을에서 서로 말은 통하지 않아도 파상과 나는 마음을 주고받았다. '꽃'으로 감은 머리가 더없이 상쾌하였다.

이겸은, 감기가 다 나았는지, 한 양동이에 100루피(우리 돈 1,700원 정도인데 이곳에서는 적은 돈이 아니다) 하는 뜨거운 물로 샤워까지 하였다.

오랜만에 만난 히말라야의 품 안에서 단잠을 이뤘다.

신神의 창, 룽다

"룽다는 불교식 기도 깃발로, 룽은 바람(風)을 의미하고 다는 말(馬)을 뜻한다. 룽 다의 모습이 바람을 향해 앞발을 들고 선 형상이기 때문이다. 이 깃발에는 진리가 바 람을 타고 퍼져서 모든 중생이 구원받기를 바라는 티베트인들의 염원이 담겨 있다."

피터 패티슨

쩰레에서 샹보체로 향하는 아침. 로지 위쪽으로 보기만 해도 숨이 차 오는 가파 른 길을 올라갔다. 헐떡헐떡, 겨우겨우 가쁜 숨을 이어 가며 그저 발끝만 내려다보 면서 오르기를 이십여 분. 간신히 경사면 위에 올라섰지만 땅으로 떨구어진 고개를 치켜들 힘도 없었다. 그저 본능에 따라 거친 호흡만을 반복할 뿐이었다. 가까스로 숨을 진정시키고 나서, 하늘을 향해 고개를 들어올렸다. 하늘과 함께 무엇인가 눈 에 들어왔다.

룽다!

구릉 위에 세워진 외가닥 솟대에서 펄럭이는 룽다. 파란 하늘과 태양을 깃 폭에 담고, 홀로 창공에 펄럭이는 룽다.

나도 모르게 눈이 더 크게 열리며 절로 감탄사가 입안에 맴돌았다.

그 동안 룽다를 숱하게 보았지만, 이처럼 아름답고 청아한 느낌이 나는 룽다는 처음이었다.

"파라라라락," 룽다는 아침 바람을 담아 창공을 노래하고 있었다. 그것은 더 이상

햇빛을 머금고 하늘에서 펄럭이는 룽다. '신의 창' 인 듯했다.

깃발이 아니었다. 천상의 소리를 울리며 허공에으로 열려 있는 창이었다. 환희, 희망, 원융의 '신神들의 세계'가 하늘에 띄워 놓은 순결 무구한 창이었다.

룽다가 태양을 머금었는지, 태양이 룽다를 머금었는지, 때마침 태양 빛이 룽다에 적중하고 있었다. 강렬한 태양을 어루만지며, 바람에 순응하고, 영롱한 빛의 맑은 구슬로 파닥이는 룽다는 비록 그 모양은 사각이어도 틀림없는 일원상─圓相이었다. "둥글기가 허공과 같아 모자람도 남음도 없는" 일원상의 창이었다.

그 아침,
매여 있어도 매이지 않은
대립도 없는 대립하지도 않는
더없이 둥근 더없이 순한
내 가슴에 열린, '신神의 창窓'.

룽다와 함께 나부끼던, 탁한 마음이 옥음玉音에 씻겨 나가던 충만한 한때. 복된 한때였다. 나는 그 때, 그 산정의 룽다를, 살아가는 동안 오래오래 기억하리라고 다짐했다. 미워하고 시기하고 성내는 어리석음에 마음이 모나고 갈래갈래 흩어질 때마다 저 일원상을 마음에 높이 올리리라고 다짐했다. 마음 한쪽 어딘가에 늘 저 창을 열어 놓으리라고⋯⋯.

대사일번 大死一番

룽다를 뒤로 하고, 다시 길을 잡으려 할 때였다. 길 한쪽, 사람 키보다 조금 더 높이 쌓여 있는 돌무더기로 삼툭이 다가갔다. 그리고 그 위에 돌 하나를 던져 올리면서 주문 같은 말을 큰 소리로 외쳤다.

"끼끼소소 라하걀로(위대한 신은 승리한다), 끼끼소소 라하걀로."

나도 돌을 던져 올리며 그 말을 큰 목소리로 따라했다.

계속 오르막으로 이어지는 길은 갈수록 좁아지고 마침내 높은 솟대 끝의 룽다도 보이지 않았다. 안개구름 내려앉는 심심산중에 우리 외에는 앞에도 뒤에도 아무도 없었다. 해발 3,000미터에서 3,624미터에 이르는 타크람 라Taklam La('라La'는 언덕을 뜻하는 티베트어)로 급격히 오르는 길은 무척 가팔랐다. 오를수록 구름은 그만큼 더욱 낮아졌다. 스산한 기운이 산 주변에 감돌았다. 얼마쯤 가니 길 왼쪽이 느닷없이 90도 각도로 내리지른 깊은 벼랑으로 바뀌었다. 아찔한 벼랑 아래 지야칼 콜라Ghyakal Khola가 실 같은 물줄기로 흘러갔다. 지형으로 보아 '쩰레닥쿠'가 멀지 않은 것 같았다. '쩰레'는 지팡이나 간신히 세울 만큼의 조그만 땅이라는 뜻이고, '닥'은 벼랑, '쿠'는 밑이라는 뜻이다. 따라서 '쩰레닥쿠'라 하면 '쩰레 마을의 벼랑길' 쯤으로 해석되는 말이다. 정식 명칭은 아니지만 그 곳 사람들은 그렇게 부른다.

아직 벼랑길이 본격적으로 시작되기 전, 뜻밖에도 허공에 떠 있는 듯한 작은 저수지 하나를 만났다. 저수지라기보다는 못에 가까운 그 곳에는 맑은 물이 남실거렸다. 그 물이 땅 속 파이프를 통해 쩰레 마을로 연결된다. 구름이 담긴 말간 물을 손으로 떠 마시고 얼굴을 축이니 땀에 전 몸에 짜릿짜릿 새 기운이 돌았다. 물 표면과 같은 높이로 보이는 히말라야 쪽으로 흐르는 계곡 건너편으로는 사람이 전혀 살 것 같지 않은 지야칼 마을이 보였다. 잔뜩 내려앉은 안개구름. 섬뜩할 만큼 아름다운 선경에 둘러싸여 우리는 행군을 계속했다.

마침내 어느 모퉁이를 돌아서니, 말 그대로 천길만길의 벼랑길, 쩰레닥쿠가 나타났다. 왼쪽은 무시무시하도록 깊이 팬 계곡, 오른쪽은 깎아지른 산 사면, 그 사이로 외통수의 좁은 길이 나 있었다. 끊어지기 직전의 철선 같은 팽팽한 긴장감에 온몸에 바짝 힘이 들어갔다. 길은 두 사람이 간신히 지나갈 만한 폭으로 이어졌다. 삼툭은 파상과 함께 이겸이 촬영하는 것을 돕고, 나는 혼자 앞서 나갔다. 머리카락이 곤두서는 듯한 긴장감으로 조심조심 고양이 같은 걸음을 내딛었다. 고소 공포증이 있는 나는 되도록 산의 경사면 쪽에 바짝 붙어 엉금엉금 기다시피 하여 올라갔다. 길을 가는 동안 계속해서 벼랑으로 굴러 떨어지는 끔찍한 그림이 머리 속에서 떠나지 않았다. 고소 공포증은 겪어 보지 않은 사람은 그 지옥 같은 마음 상태를 짐작도 할 수 없는 고약한 증상이다.

벼랑 쪽은 굳이 외면하면서 조마조마한 마음으로 올라가는데 문득 이상한 호기심이 자꾸 일었다. 굳이 길 모서리에 가서 벼랑 아래를 내려다보고 싶다는 생각이 든 것이었다. 정말 알다가도 모를 일이었다. 옆에 도와 줄 사람도 없던 터라 몇 번을 망설이던 나는 크게 마음먹고 거의 주저앉다시피 하여 살금살금 벼랑 끝으로 다가갔다. 극도의 공포감 때문에 땀을 비적비적 흘리면서 벼랑이 보이는 곳까지 갔다. 부들부들 떨면서 감히 아래를 내려다보았다. 그렇게 해서 내려다본 벼랑은 실제보다 두세 배로 더 깊어 보였다. 순간, 아찔하고 아득한 공포감에 머리의 피가 발 끝으로 몽땅 빠져 나가는 듯하더니 벼랑 아래로 몸이 굴러 떨어지는 착각에 휩싸였다. '아이쿠, 큰일나겠구나' 하는 생각에 몸을 휙 돌려 길 위에 벌렁 누웠다. 눈이 뱅뱅 돌고 온몸의 힘이 쫙 빠져 나갔다. 몇 차례 심호흡을 하고 나서 나는 왜 괜한 고생을 사서 했나 싶어 혼자 실소를 터뜨렸다.

길이 워낙 꼬불꼬불하여 뒤의 세 사람은 얼마 떨어지지 않았을 터인데도 보이지 않았다. 비라도 뿌릴 태세로 주변을 에워싼 구름 아래 혼자 덩그마니 앉아, 조금 전 공포의 순간을 떠올리며 다시 몸을 부르르 떨었다. 그 때, 퍼뜩 떠오르는 말이 있었다.

"대사일번大死一番."

누군가 이 말을 풀기를, "대사일번의 경지는 육체적인 죽음을 말하는 것이 아니라 중생의 생사망념의 분별심이 없어진 경지를 말한다. 이 경지는 천 길 절벽에서 손을 놓는, 목숨을 건 구도의 정신으로 정진해야만 체험할 수 있다. 크게 한 번 죽는 큰 용맹정진으로 일체의 자아(아상我相, 인상人相)를 죽이고 참된 깨달음으로 되살아나게 된다는 것이다" 했다. 간단히 말하면, 대사일번이란 '정신적으로 크게 한 번 죽어 얻는 깨달음의 경지' 라는 말일 것이다.

'참된 깨달음' 이 무엇인지 나는 모른다. 다만, 형체도 없는 그것을 찾아 헤맬 뿐이다. 조금 전, 자청한 것이었지만, 나로서는 '생과 사의 기로' 인 벼랑 끝에 있었다. 살아가면서 시시로 그처럼 벼랑 끝에 있다는 심정으로 순간 순간을 살아 나가려고 애쓴다면 참된 삶의 의미를 깨달을 때가 오지 않으랴. 어느 날 문득 대사일번의 경지를 체득할지도 모를 일이다. "한 치 앉으면 한 치 부처고, 두 치 앉으면 두

치 부처요, 이 한치 두치가 쌓여서 육 척의 부처가 된다"고 하지 않았던가.

쩰레닥쿠 벼랑길은 한층 더 낮게 내려온 구름 속으로 뻗어, 그대로 하늘 위로 올라갈 듯했다. 마치, 천상으로 향하는 길을 그려 놓고 그것을 그대로 쪼아 만든 것 같은 이 길은, 무스탕에서 만난 또 하나의 멋진 비경이었다.

'하늘 위'는 예상 외로 평탄했다. 서늘한 대기 속의 해발 3,600미터 고지에는 특별한 급경사 없이 완만한 길이 이어졌다. 무스탕의 자연은 이렇듯 시시각각 그 면모를 바꿔 나갔다. 길 좌우의 구릉들은 둥글둥글한 삿갓 모양을 하고 있었다. 우리는 다조리 라Dajori La(해발 3,736m)를 넘어, 점심 무렵에 포플러나무 우거진 사마르Samar(해발 3,660m)에 도착했다.

고지에서 만난 작은 오아시스, 사마르. 대여섯 채 되는 집들이 조용히 들어앉은 마을에는 포플러 이파리들이 햇빛에 해뜩해뜩거리고 그 아래 작은 수로는 맑은 물을 담고 졸졸 흐르고 있었다. 척박한 땅이 어떻게 그런 물을 토해 내는지 의아스러웠지만, 아무튼 물이 있는 덕분에 사람들이 모여 살고 있다.

로지로도 쓰이는 깔끔한 집으로 점심을 먹으러 들어가자, 먼저 도착해 식사 준비를 하는 아카바드의 높은 목청과 간간이 끼어드는 꺼멀다이의 허스키한 목소리가 함께 들려왔다. 말수 적은 고딸다이는 무심한 표정으로 물을 길어 나르고 양파며 감자를 깎고 있었다. 이번에도 식탁은 지나치다 싶을 만큼 풍성했다. 치링다이가 창을 권했지만 손사래를 치며 뿌리쳤다. 이른 아침부터 서둘러 온 길이 하도 고되어 한 잔이라도 마시면 그대로 뻗어 버릴 것 같았다. 점심을 마치니 해가 성큼 기울어 있었다.

사마르부터 지형은 완전히 '낙타 등' 형태로 바뀌었다. 좋아서 내려가면 싫어도 올라가야 하는 길이었다. 가끔 산허리 길을 만나기도 했지만, 중간 중간에 길을 가로막는 계곡 때문에 줄기차게 오르내림을 반복했다. 계속 이어지는 V자 계곡 밑에서 갈 길을 올려다보면 '아이쿠, 저 길을 어찌 올라갈꼬' 하는 생각에 한숨이 절로 나왔지만, 터져 나갈 것 같은 가슴을 부여잡고 간신히 올라 산마루에만 서면 그 순간 눈앞에 펼쳐지는 절경에 입을 다물 수가 없었다. 산마루에 올라설 때마다 풍경은 매번 달랐다. 같은 산, 같은 계곡도 바라보는 꼭지점에 따라 새로운 풍경으로 나타나곤 했다. 그럴 때마다 몸의 피로는 거짓말처럼 사라졌다.

히말라야 산맥 역시 시간의 흐름에 따라 변하는 구름의 양이나 위치, 빛깔, 햇빛의 각도에 따라 볼 때마다 새롭고 특출한 경관을 일궈 냈다. 우리 뒤를 따라다니는 듯한 닐기리도 언제나 새로운 모습이었고, 안나푸르나도 이따금 구름 사이로 자락을 내비치곤 했다. 어느 때는 닐기리, 안나푸르나와 함께 틸리쵸 봉, 야카오캉 설산들이 구름 위에 솟아올라 일대 장관을 연출해 내기도 했다. 공기가 희박한 덕분에 그들 설산의 희디흰 이마는 더욱 투명해 보이고 그래서 더 신비롭게 느껴졌다. 우리가 움직여 나가는 대로 변화무쌍한 비경을 그려 내는 그 깊고 장대한 '무한 지대'는 그 속을 걷는 이들만이 받을 수 있는 '무한 선물'이었다.

유난히 힘들었던 계곡 세 개를 오르내린 끝에 얌다 라Yamda La(해발 3,860m), 일명 소이 패스Soi Pass 위에 올랐다. 이 곳에서 처음으로 외국인 트래커들을 만났다. 반가웠지만 워낙 지친 몸이라 간신히 인사만 주고받은 채 가쁜 숨을 몰아쉬기에 바빴다. 계속되는 기온 차로 머리가 여간 아프지가 않았고, 파김치가 된 몸은 해

소이 패스Soi Pass에서 샹보체 마을로 넘어가는 길. 마부 치링다이가 말 두 마리를 데리고 우리를 마중 나오고 있다.

조류처럼 흐늘거렸다. 해가 곧 떨어질 기세라서 조바심 속에 지친 몸을 끌고 다시 걷기 시작했다. 발걸음은 땅을 제대로 밀어 내지 못하고 마치 누군가에게 끌려가다시피 했다.

오르막 길이 비교적 평탄한 어느 산모퉁이를 돌아설 때였다. 멀리서 누군가가 말을 끌고 우리 쪽으로 걸어오는 것이 보였다. 눈 좋은 삼툭이 금방 알아보고 웃는 얼굴로 우리에게 말했다. "치링이 말을 데리고 오는데요." 생각보다 많이 늦어지자 우리가 걱정돼 샹보체에 짐을 내려놓고 쉬던 말들을 끌고서 데리러 온 것이었다. 얼마나 놀랍고 반가웠는지.! 그의 손엔 레몬차가 담긴 주전자까지 들려 있었다. 치링 다이의 손을 덥석 잡고 끌어안으며 고마움을 표시하자 그가 잇몸을 드러내고 환하게 웃었다. 그가 이겸과 나를 말에 올려 주었다. 삼툭과 파상에게 미안했지만 말이 두 마리뿐이라 어쩔 수 없었다.

말 위에 올라앉으니 한순간에 세상이 밝게 바뀌고, 고된 걸음에 지칠 대로 지친 몸이 날아갈 듯 가벼워졌다. 따그닥 따그닥, 마상에 앉아 주유천하라……. 정말이지 전혀 기대하지 못하던 '특급 환상 이벤트'였다. 그 순간만큼은 세상 어느 것도 부러울 것이 없었다. 땅에서 불과 1미터 남짓 높아졌을 뿐이나 말 등 위에 앉으니 세상을 다 얻은 듯 힘이 솟았다.

다 저녁 무렵에야 달랑 집 두 채가 전부인 샹보체Shangboche(해발 3,800m)에 도착했다. 길과 구분 없는 마당에서 말을 내려 납작한 단층집 안으로 들어갔다. 다이닝룸은 역시나 어두컴컴했다. 외국인들만 '다이닝룸'이라고 부르는 공간은 이 곳의 집이나 로지 안에서 가장 큰 방을 말한다. 그 구조는 어디나 찍어낸 듯 똑같았다. 한쪽 벽에는 소똥을 태우는 조그만 화덕과 단출한 부엌 세간이 있다. 나머지 벽에는 ㄱ자나 ㄷ자 형태로 긴 의자가 있고, 그 앞에 나무 탁자 서너 개가 놓여 있다. 바닥은 흙으로 단단히 다져져 있고 창문은 화덕 있는 곳에 겨우 하나쯤 뚫려 있다. 그 곳 다이닝룸에서 다 같이 식사를 하고, 집 식구들이며 여행객들은 의자 위나 바닥에서 '아무렇게나' 잠을 잔다. 우리도 여정 대부분 긴 의자 위에 슬리핑백을 깔고 잠을 잤다. 우리가 다이닝룸을 차지하면 스태프들은 다이닝룸 밖 아무 곳이나 누울 수 있는 곳이면 거적 같은 것을 깔고 덮고 몸을 뉘었다. 우리 눈에는 몹시 안쓰러워 보였지만 정작 그들은 그런 것쯤은 아무렇지도 않게 여겼다.

컴컴한 실내에서 허겁지겁 저녁을 먹었다. 한쪽 옆에서는 현지인들이 달바트를 먹었다. 식사를 마치고 나서 치링다이가 어김없이 따라 주는 창을 마셨다. 하루의 감흥들을 일일이 술잔에 녹이다 보니 얼마 되지 않아 어지간히 취기가 올랐다. 거의 열 시간 가까이 걸은 피로와 술에 녹은 몸을 누이려고 집 안쪽 굴 속처럼 깜깜한 통로 끝의 방으로 들어갔다. 어두운 방에는 나무 침대 두 개가 썰렁하게 놓여 있다. 밤공기가 몹시 싸늘해 옷을 모두 입은 채 슬리핑백 속으로 들어갔다.

창문 턱에 켜 놓은 새끼손가락 굵기만한 촛불을 끄자, 한 오라기 빛도 없이 그야말로 암흑 속에 파묻혔다. 손을 들어 눈 앞에 대 보았지만 그것조차 보이지 않았다. 칠흑 어둠 속에 있자니 눈은 뜨나 감으나 마찬가지였다. 도대체 아무 것도 보이지 않아 혹시 내 몸이 아예 사라진 것은 아닌가 싶었다. 소리마저 아무것도 들리지 않고 적막했다. 너무 고요하고 너무 어두워 오히려 잠이 오지 않았다. 도무지 흐름을 느낄 수 없는 시간이 얼마만큼 흘렀을까, 어떤 영상이 서서히 모습을 드러냈다. 쩰레덕쿠, 벼랑길이었다. 결코 잊을 수 없는 그 길이 흑암 속에서 하얗게 밝아 왔다.

포터, 트래킹의 산소 같은 존재

희미하게 빛이 들어오는 방에서 깨어 시계를 보니 오전 9시가 다 되었다. 너무 늦은 시각이라 화들짝 놀라 일어났지만 사흘 동안 누적된 피로가 말끔히 가셔 오히려 잘된 셈이었다.

이 날도 또 다시 오르막 내리막을 거듭하며 반나절을 걸은 뒤, 점심 겸 휴식을 취하려고 자이테Jaite (해발 3,820m) 마을에 잠시 머물렀다. 사람들은 모두 밭일을 나갔는지 마을은 텅 비어 있었다.

점심을 마치고, 아침에 늦게 떠난 것을 벌충하기 위해 서둘러 길 떠날 채비를 할 때였다. 포플러나무 아래 놓인 기다란 돌 의자 위에 누군가 누워 있는 모습이 눈에 띄었다. 자세히 보니 한쪽에 도끼를 세워 놓고 쪽잠을 자고 있는 고딸다이였다. 콧날이 시큰했다. 그 모습이 어찌나 고단해 보이고 측은하게 느껴졌던지 가슴 한 구석에 묵지근한 돌덩이가 얹힌 듯했다.

길링 마을 입구.

자이테 마을의 작은 로지.

자이테 마을의 로지 앞. 포터 고딸다이가 돌의자에서 자고 있다.

포터는 트래킹에서 산소처럼 중요한 존재다. 그들이 없으면 트래킹을 시작조차 할 수 없다. 대부분의 고소 트래킹에서 트래커들은 한 사람당 최소 30킬로그램 안팎의 짐을 운반해야 하는데 해발 고도 3,000미터 이상의 고지대에서 그 무게의 짐을 지고 걷는다는 것은 사실상 불가능하다. 맨몸으로도 호흡 곤란을 겪거니와 자칫 잘못하면 고소증까지 걸릴 판이니 포터 없는 트래킹은 아예 생각도 할 수 없다.

네팔을 찾는 트래커들은 싫든 좋든 통과의례 같은 진풍경을 맞이하게 되는데 바로 포터들의 '진격'이다. 그들은 버스나 비행기에서 내리는 이방인들에게 적게는 서너 명, 많게는 십수 명이 달라붙어 저마다 자기를 포터로 써 달라고 외친다. 대개 포터의 선택은 미리 동행한, 혹은 현지에서 채택한 가이드에게 일임을 한다. 일단 낙점을 하고 나면 일당 흥정을 하는데 지역에 따라 약간의 차이가 있지만 대략 하루 350루피에서 500루피 선이다. 우리 돈으로 약 6,000원에서 8,500원 정도이다. 잠자고 먹는 비용이 포함된 그 돈을 벌기 위해 그들은 무거운 짐을 하루 종일 져 나른다. 열흘 동안 무릎 관절이 닳도록 일하고서 그들이 버는 돈은 대략 7만원 안팎이다. (그런데 어떤 트래커들은 하루 일당에서 50루피를 깎으려고 입씨름을 하고 더러 흥정을 무산시키기도 한다. 그런 풍경을 목격할 때면 이유야 어떻든 입맛이 씁쓸하다.)

아무튼 트래커의 노고를 대신 짊어지는 포터는 히말라야 어디를 가든 필수 불가결한 존재다. 품삯을 받고 그에 상응하는 노동을 제공하는 것이니 그들을 고용하고 정해진 임금을 지불하면 그만이다 싶겠지만, 궁색하기 짝이 없는 그들의 행색을 보면 생각이 달라진다. 임금을 깎기는커녕 있는 것을 다 내주고 싶을 만큼 측은한 마음이 일기 때문이다. 낡아빠진 옷가지 몇 개에 닳고 닳은 중국제 싸구려 운동화나 또는 심지어 슬리퍼를 신고, 최소한의 음식과 형편 없는 잠자리에서 잠을 자는 그들은 해가 뜨면 또 그들의 '생계'를 짊어지고 해가 질 때까지 해발 4,000, 5,000미터의 산길을 오르내린다. 그런 그들을 보면 절로 측은지심惻隱之心이 일어날 수밖에 없다. 그들의 휘청거리는 다리와 헉헉거리는 숨에 진심으로 고마워하며 따뜻한 마음을 주고받다 보면, 추상적으로만 생각되던 인仁이라는 덕목이 구체로 체득됨을 경험하기도 한다. 그래서 나는 트래킹을 할 때 겸양의 마음으로 그들을 대하려고 애

쓰고, 그러다 보면 그들에게도 내 마음이 전해져 서로 쉽게 교감하곤 했다. 네팔의 대자연을 보고 감탄하고 감동받기에 앞서, 순박한 그들과 함께 마음과 마음을 포개며 나누는 미소, 그것은 어떠한 값으로도 살 수 없는 히말라야의 선물이기도 하다.

돌 의자 위에서 허름한 옷을 입고 고단하게 누워 있는 고딸다이를 한참 들여다보면서, 그가 멀리까지 길을 되돌아와 쩰레 마을 아래로 레몬차 주전자를 들고 왔던 모습을 떠올렸다. 코 끝이 찡해졌다. '저이의 노고가 우리 여정의 실핏줄이고, 저이의 숨이 우리 여정의 산소다'라고 새삼 절감하며 길을 나섰다.

천공天空

자이떼 마을 바로 뒤에는 그 때까지 가던 길에서 가장 높은 지대인 니 라Nyi La(해발 4,010m) 산정의 룽다가 깃을 날리며 우리를 기다리고 있었다. 며칠 사이에 '걷는다는 것'에 어느 정도 적응된 우리였지만, 평지에 견주어 산소 함량 60퍼센트밖에 되지 않는 고지대, 그것도 오르막을 오를 때에는 정말이지 트래킹을 그만두고 싶을 만큼 힘이 들었다. 그럴 때마다 룽다를 바라보며 마음을 새롭게 추스르고 각오를 단단히 하며 걸음을 옮겼다. 하지만 납덩이를 달아맨 듯한 다리는 길 위에 질질 끌리고 허파는 천식 환자의 신음 소리를 내며 터져 나갈 듯했다. 네댓 걸음에 한 번씩 걸음을 멈추고 뜨거운 숨을 토해 내는 입에서는 단내가 날 지경이었다. 그리고 가도가도 길은 좀처럼 거리가 좁혀지지 않았다.

그런데, 몸은 그토록 죽을 맛인데 머리 속은 점점 맑아지는 경우가 종종 있었다. 몸뚱이는 흐느적거리는데 그 속의 정신은 반대로 또렷해져 가니 참 희한한 일이었다. 걸음은 질질 끌리고, 호흡은 주체할 수 없이 힘들었지만, 의식은 무엇에 찔린 듯 곧추서는 것이었다. 그러면서 한 걸음 뗄 때마다 머리 속에는 내 지난 일들이 한 장면씩 선명하게 떠올랐다. 대부분 회한과 아쉬움이었다. '그 때 내가 왜 그랬을까,' '왜 그런 선택을 했을까,' '그 사람을 이해하고 끌어안아야 했는데,' '그 상황을 더 견뎌야 했지,' '좀더 사랑할 것을,' '왜 용서하지 못했을까……'. 걸음, 걸음 옮길 때마다 그런 생각들이 또박 또박 가슴을 후벼팠다. 아주 오래 전 어릴 적 잘못까지 몽땅 되살아나면서 의식은 곤죽이 되고 몸에는 후회의 땀방울이 줄줄 흘러내렸다.

그러다가 어느 새 생각이 급반전되어 마음에 독기가 번져 때로 욕마저 튀어나왔다. 눈에 번갯불이 치고 얼굴이 마구 일그러졌다. 마음은 날카로운 칼끝이 되어 퍼런 날을 세우고 미운 이를 떠올려 짓이기고 먹이를 노리는 야수처럼 으르렁거렸다. '용서할 수 없다,' '계속 미워할 것이다' 라며 킬킬거렸다. 걷잡을 수 없이 일어나는 그런 생각들이 스스로 싫고 견딜 수 없어 고개를 가로젓다가 끝내 쿨럭이며 괴성을 지르기도 했다. 내 안의 악마가 내는 소리였을까.

마음은 그렇게 양 극단을 오갔다. 육체의 피로가 극에 달했을 때 생기는 병리 현상이었을까, 나는 그 힘겨운 오르막길에서 내내 용서하다가 미워하고, 짐승처럼 악몽과 싸우다가 평화로운 웃음을 짓기도 하며, 오랜 세월 마음에 남아 있던 앙금들을 꺼억 꺼억 토해 냈다. 그렇게 한걸음 한걸음 오르는데, 하나둘씩 내딛는 걸음과 함께 떨어져 나갔는지, 어느 사이엔가 미워하는 마음도, 용서하는 마음도 다 사라지는 '진공' 상태에 놓이기도 했다.

마침내 세찬 바람에 나부끼는 룽다가 눈에 들어왔다. 산정이 눈앞이었다. 내가 오르려 하는 삶의 꼭대기는 어디일까, 그것은 꼭 올라야 완성되는 것일까 하는 희미한 생각과 함께 마지막 걸음을 올려놓았다. 아무것도 보이지 않았다. 기진맥진하여 몸은 벌렁 눕고 말았다. 무거워진 눈꺼풀도 저절로 감겼다. 폐는 터지기 직전의 풍선처럼 솟아나와 벌렁거렸다. 물에 풀어진 솜 같은 몸을 바람이 세차게 흔들어 댔다. 그대로 기절한 듯 누워 숨이 잦기를 기다렸다.

얼마나 시간이 흘렀을까. 파라라라락, 옷자락이 바람에 날리는 소리에 또 다른 소리가 겹쳐졌다. 가만히 눈을 떠 보니, 내 눈 바로 위에서 룽다와 타르촉들이 세찬 바람소리를 퉁겨 내고 있었다. ('타르쵸'라고도 하는 타르촉Tarchog은 경문을 박은 청, 백, 홍, 녹, 황색의 오색 사각 헝겊으로서 저마다 하늘, 바람, 물, 불, 땅을 의미한다. 룽다를 매단 솟대 중간에 여러 가닥 줄을 늘어뜨리고 거기에 타르촉을 수십 개씩 매다는데, 더러 룽다 없이 따로 사원이나 가옥에 매달기도 한다.) 그들의 소리는 음악이었다. 완벽한 하늘의 소리를 재현하는 연주자들이었다. 천지 사방과 소통하고 있는 그 천상의 소리를 들으며 기묘한 황홀경에 빠져 있던 나는 천천히 일어났다. 그리고, 눈에 들어오는, 참으로 믿기 힘든 광경에 미동도 할 수 없었다. 눈앞에 펼쳐진 무스탕의 하늘과 땅.

천공天空!

신의 땅(Land of Lha)에 광활하게 열려 있는 무스탕 천공.

호호막막浩浩漠漠, 말 그대로, 끝없이 넓고 아득했다. 수천의 말들이 떼 지어 달

케미 마을로 가는 길. 니 라 산정에서 바라본 무스탕 천공.

리는 듯한 고원과 하늘의 무한 지대. '크게 있어' 대유大有라고 해야 할지, '크게 비어' 태허太虛라 해야 할지.

하늘은 그 곳에서 비로소 열렸다.
산이 솟았고 땅이 꺼졌다.
빛으로 밝았고 빛으로 모두 존재했다.
거풍巨風은 대지를 훑었고, 펄럭이는 룽다는 신神의 존재를 만방에 고했다.

닐기리와 안나푸르나 그리고 틸리쵸, 야카오캉 봉우리까지 모두 드러나 있는 히말라야 산맥은 하늘과 잇닿은 대지의 끝이었다. 하늘과 대지를 품은 무스탕 천공은 신의 세상, 신의 시간이었다. 신의 황금빛 자취였다.

길은 그 곳에서 멈추었다가 다시 무한히 뻗어 나갔다. 여기까지 오르는 동안에 스스로에게 퍼붓던 고통스런 문답도 바람에 모두 흩어져 나갔다. 천상천하天上天下, 모든 것의 끝이고 시작인 천공!

나보다 한참 뒤에 처져 올라오고 있는 이겸을 향해 손짓으로 산정 아래쪽을 가리켰다. 촬영 때문에 뒤서 오는 이겸에게, 내가 어느 지점에 먼저 도착하면 늘 일종의 수신호를 보내곤 했는데, 여기 기가 막힌 광경이 있으니 조금만 더 힘내라는 뜻이었다. 거친 숨소리와 함께 산마루에 올라온 이겸은 눈 앞의 풍광을 보자마자 절규하듯 감탄하는 말을 내뱉었다.

한동안 둘은 아무 말 없이 무스탕 천공 속에 앉아 있었다. 세상의 다른 경계를 바라보며 그저 앉아 있었다. 시간도 멎은 듯했다.

그렇게 얼마나 있었을까, 이겸이 벌떡 일어나 파상을 불렀다. "파상아. 라지 카메라, 스몰렌즈!" 이제 이겸과 파상은 손발이 잘 맞았다. 영리한 파상은 이겸의 촬영 보조로서 제 몫을 거뜬히 해 내고 있었다. 컨버터까지 동원한 이겸이 '무한 지대'를 향해 카메라와 렌즈를 바꿔 가며 셔터를 끝없이 눌렀다. 독수리같이 날카로운 눈으로 주도면밀하고도 잰 손놀림으로 사진을 찍는 그의 모습에서 방금 전까지의 지친 기색은 찾아볼 수 없었다. 잠시 그의 카메라 렌즈를 들여다보았다. 파노라마 앵글 안에서 대해大海가 출렁였다.

청정

무한 지대를 굽어보며 서 있는 니 라 산정의 룽다와 아쉬운 작별을 하고 막 내리막에 들어설 무렵이었다. 느닷없이 수백 마리 양 떼가 길과 산등성이 전체를 뒤덮으며 넘어왔다. 떼지어 음매애 소리를 내며 올망졸망 넘어오는 모습은 주변에 갑자기 생기를 일으켰다. 풀을 찾아 멀리 갔다 마을로 돌아가는 길일 것이라고 삼툭이 말했다. 하얀 천 조각들 같은 양 떼들이 황무지를 덮었다. 얼마 후, 뒤에 처진 양 떼 사이로 오는 양치기 사내를 만났다. 우리는 반가운 마음으로 "타시델렉Tashi Delek('행운과 번영이 함께 하기를 빕니다'라는 뜻의 티베트말)" 하며 인사를 나누

케미 마을로 가는 길에 마주친 양치기. 무심한 표정에서 '청정'을 느꼈다.

고, 그를 잠시 멈추게 했다. 그가 멋쩍어하며 우리 앞에 섰다. 가죽 같은 손바닥, 닳고 닳은 옷, 구멍 뚫린 운동화 그리고 아무 욕심 없어 보이는 눈……. 이겸이 재빨리 사진 촬영을 승낙받았다. 카메라 앞에서 무심히 눈만 껌벅이고 있는 양치기 사내에게서 텅 비어 있는 자루 같은 느낌이 배어 나왔다. 비록 남루한 차림일지라도 마음만은 청정할 것이라는 생각과 함께.

　'청정清淨,' 맑고 깨끗하다는 뜻의 이 말은 소수小數의 단위이기도 하다. '허공虛空'의 십분의 일이라는 뜻이다. 허공은 '육덕六德'의 십분의 일. 육덕은 '찰나刹那'의 십분의 일. 이런 식으로 소수는 대략 스무 단계를 거쳐 커지며 '분分'에 이른다. 그러니까 소수의 단위로서의 청정은 가장 작은, 가장 잘게 나눈 최소수이다. 맑고 깨끗하다는 뜻의 청정은 이렇게 찰나보다도 훨씬 더 작은 소수의 의미도 함께 갖고 있다. 어쩌면 참으로 '가난한 마음'을 가진 사람이어야 '청정'할 수 있을는지도 모른다. 우연이라기보다는 필연으로 만났다는 느낌을 주는 양치기 사내. 그에게서 '청정'을 느꼈다. 그가 어떤 삶을 살고 있는지는 모르지만, 도무지 욕심이라고는 없는, 최소한의 것에 만족하고 사는 사람일 것이라는 느낌을 받았다.

다시 양 떼를 몰고 가는 양치기의 모습을 보며 맑은 물로 갓 세수를 마친 신선한 기분이 들었다. 누군가, 아마 무스탕의 천공을 지키고 있는 신들이 그이를 내게 보냈을 터이다. 그의 청정을 나누어가지라고. 그의 평화로운 뒷모습을 끝까지 눈으로 좇았다.

붉은 정신, 닥마르

케미Chemi(해발 3,520m) 마을에서 하루를 유숙한 우리는 짜랑으로 향하는 두 갈래 길 중 닥마르Dhakmar(해발 3,820m) 쪽 길을 택했다. 짜랑 라Tsarang La(해발 3,870m)를 넘는 것보다 두 배 이상 돌아가는 멀고 험한 길이었지만 무스탕 안에서 가장 길고 멋있다는 절벽을 꼭 보아야 한다는 결정에 따른 것이었다. 갈림길을 지나 계속되는 오르막을 두 시간 가까이 올라가자 북쪽 하늘 아래 닥마르('닥dhak'은 '절벽,' '마르mar'는 '붉다'는 뜻), 곧 붉은 절벽이 싸한 기운을 띠며 그 일부를 보이기 시작했다. 무스탕에 들어온 지 닷새만이었다.

무스탕에서 가장 긴 붉은 절벽은 메밀꽃이 지천으로 피어 있는 들판을 발 아래 깔고, 방금 전에 땅 속에서 튀어오른 듯한 위용으로 하늘을 향해 불끈 솟아 있었다. 어쩌다 둥근 고원 사이에 저런 각진 형체가 돌출해 있을까, 얼마나 많은 비바람이 저렇듯 기묘한 형상을 만들어 냈을까 싶어 그저 놀랍기만 했다. 닥마르 앞 들판은 꽃이 한창인 메밀밭이 절벽의 험악한 기세와 극적인 대비를 이루고 있었다. 메밀밭 사잇길로 들어가 닥마르 앞에 바짝 다가섰다.

만지면 뜨거울 것 같은 붉은 덩어리에 가슴이 서늘했다. 수천의 사람들이 한 목소리로 허공을 향해 고성을 내지르고 있는 듯한 모습. 오랜 풍상을 끝까지 버텨 낸 옹골찬 기운. 닥마르는 물체라기보다 힘찬 정신으로 느껴졌다. 그 대단한 자연의 걸작을 창조한 강인한 정신이 내 가슴에 들어와 박혔다. 핏줄이 울뚝불뚝 꿈틀거렸다. 사방으로 퍼져 나가는 불 같은 기운이 나를 달궜다. 만년 세월의 무게로, 만년 세월의 인내로, 만년 세월의 침묵으로, 만년 세월의 고독으로, 종잇장 같은 내 마음에 시뻘건 불길로 타 올랐다. 양 주먹에 불끈 힘이 들어갔다. 때마침 새 한 마리 절벽을 가로지르며 유유히 날아갔다. 새가 비행하는 높이에 뚫려 있는 크고 작은 동굴들이 시꺼먼 입을 벌리고 있었다. 그 동굴 안 어디에선가 정좌하고 있는 어느 선각先覺의, 지축을 흔드는 우레 같은 소리가 들려오는 듯했다. 통렬하게 가슴을 뚫는 죽비인 듯, 불화살인 듯, 종교를 넘어 혼탁한 인간세를 쪼개는 금언이 떠올랐다.

붉은 절벽, 다마르의 위용과 메밀밭. 절벽 군데군데 나 있는 동굴은 한때 주거지나 승려들의 수행처로 쓰였다고 한다.

"불자야, 님께서 가신 지 삼천 년, 마구니는 강하고 법은 약해져, 사바의 이 세상이 어둠의 그림자로 덮였구나. 제 빛을 보지 못하는 불쌍한 중생들···. 불자야, 썩어서 낡아빠진 의관을 다 태워 버리고, 발가벗은 몸으로 활기차게 이리 오라. 여기 인간 혁명의 종소리가 들리지 않는가. 회의와 저주와 나태와 비겁과 공포의, 때 묻

닥마르 마을의 아이들.

은 옷들을 모조리 불태우고, 자신과 긍지와 근면과 강력과 자유와 평화의 새로운

깃발을 향하여, 님께서 일러 주신, 네게 있는 등불을 들고, 인간 혁명의 새로운 행

군을 하라."

해안 스님(1901-1974)의 "불자에게" 중에서

그렇다. 나는 다시 새로운 깃발을 들어야 한다.

가지각색의 메밀꽃이 바람결에 재잘거리는 사이를 걸어갔다. 닥마르의 붉은 기상에 한껏 치솟았던 맥박이 차츰차츰 잦아들었다. 이윽고 온몸의 기운이, 호흡이 누그러져 메밀꽃과 키를 맞춰 나직이 앉았다. 유능제강柔能制剛이라더니, 절벽의 강한 기운을 이겨 내고 있는 부드러운 꽃망울들은 무스탕이 품고 있는 부드럽고 아름다운 속살이었다. 바람을 타고 이리 휘익, 저리 휘익 율동하는 모습은 들판을 몰려다니는 아이들이 들고 있는 꽃등 물결과도 같았다. 그들은 이 황막한 대지의 비밀을 다 꿰고 있는 '요정' 같이 보였다.

한창 물오른 소녀의 볼때기 마냥
발그댕댕한 얼굴로 까르르거리며
바람을 불러와 군무群舞하는 붉은 정념情念들이여
나는 알 수 없는 밀의密意를 바람결에 흩어 놓고 있느냐

신비롭구나
척박한 땅 위 어쩌면 그리
수수 만만 꽃등을 켜고 있느냐

등등한 기세 붉은 절벽, 웃음에 잠재우며
켜 놓아도 나는 알 수 없는 오랜 대지의 비밀을

메밀밭을 지나 제법 여러 채의 집들이 모여 사는 마을에 이르렀다. 마을에는 키 높은 나무들 사이로 보리수나무도 이따금 눈에 띄었다. 외지인을 본 아이들이 우르르 몰려들어 주뼛주뼛거리며 천진한 눈빛을 우리에게 던졌고, 맑은 시냇가에서는 서너 명의 처자들이 그릇과 곡식을 씻으며 재잘거렸다. 마을길 가운데에는 마니차가 설치된 기다란 제단이 있고, 그 단 위에 '옴마니파드메훔om mani padme hum'('연꽃 속의 진리여'라는 뜻의 육자 진언)이 새겨진 납작한 돌 수백 개가 비스듬히 세워져 있었다. 이러한 형태의 단을 '마당'이라고 부르는데 위에 놓인 돌은 죽은 사람이 좋은 곳에 태어나기를 바라는 뜻을 담은 기념석이다.

마니차를 일일이 돌리면서 나가자 삼툭이 우리를 마을 위쪽 초지로 안내했다. 아카바드와 삼툭의 재치로 우리는 바람을 가린 아늑한 풀밭 위에서 닥마르를 바라보며 점심을 먹었다. 닥마르 절벽에 군데군데 뚫려 있는 동굴은 오래 전에는 사람들이 살기도 했고 더러 스님들의 수행처로도 쓰였다 하는데 츄상에서 본 동굴과는 비교할 수 없을 만큼 규모가 컸다. 절벽에 난 길을 올라 동굴로 들어가 볼 수도 있다지만 시간이 허락하지 않아 단념했다. 풀밭 위에서 잠깐 꿀 같은 낮잠을 잔 후, 무이 라Mui La(해발 4,170m)를 향해 다시 움직였다.

붉은색과 암갈색이 섞인 깎아지른 절벽은 가까이 다가가니 멀리서 본 것보다 더 기괴스러웠다. 흙이 팬 절벽 틈 사이에 난, 45도가 넘을 만큼 가파르게 경사진 길로 올라가야 무이 라에 갈 수 있었다. 도무지 길 같지 않은 길이었다. 쩰레닥쿠 벼랑길

'마당.' 망자들이 좋은 곳에서 태어나기를 바라는 뜻으로 진언을 새긴 돌을 쌓아 만든 단.

은 여기에 비교하면 아무 것도 아니었다. 그 공포스러운 절벽 틈에 스파이더맨처럼 딱 들러붙어 삼툭의 발뒤축만 보고 엉금엉금 기어 올라갔다. 한참을 그렇게 기어 오르다가 길 폭이 조금 넓어진 절벽 중턱 틈에 몸을 바짝 붙이고 쪼그려 앉아 쉬었다. 숨은 턱에 차고, 무시무시한 절벽 자체가 주는 공포에 고소 공포증까지 합쳐져 정신이 오락가락할 지경이었다.

그러나 발 아래 펼쳐진 경관은 실로 멋지고 아름다웠다. 거대한 기둥들이 내리꽂힌 듯한 절벽 아래, 마치 수많은 카펫을 이어붙인 듯이 꽃 들판과 나무들이 어우러진 장면은 꿈같이 아름다운 '그림'이었다. 그 위로 몸을 던져 폭 안기고 싶을 정도였다. 그 그림 같은 풍경이 얼마나 근사했는지, 어느 새 절벽 길에서 떨던 공포감마저 잠시 잊어버렸다.

얼마 뒤 이겸과 파상이 역시 헉헉 숨을 토하며 올라왔다. 감탄 속에 풍치를 감상하던 이겸이 아슬아슬한 벼랑 모서리에 삼각대를 펼쳤다. 그리고 파상의 도움을 받으며 모서리 끝에 서서 셔터를 누르는 것이었다. 보기만 해도 아찔하여 나는 "조심해야 돼, 조심!" 하고 말만 거들 뿐 옴짝달싹 못 하고 앉아 있었다. 렌즈에 비친 광경이 몹시 궁금해 가 보려 했지만 공포증으로 엄두를 내지 못하고 벼랑에 붙어 있을 뿐이었다.

삼툭과 나는 일어나 다시 길을 재촉했다. 20여 분을 깔딱 숨을 넘기며 올라가니 테라스 형상의 넓은 지대가 나왔다. 비로소 안도의 한숨을 쉬며 두 발을 뻗었다. 다시 가라면 못 갈 것 같은, 몸서리쳐지는 절벽 길이었다. 그러나 그 길에서 바라본 닥마르의 아름다운 풍경은 오래도록 내 가슴 속에서 빛날 무스탕의 진주였다.

아직 절벽 중간에 있어 보이지 않는 이겸과 큰 소리로 안부를 확인한 나는 삼툭을 찾아 두리번거렸다. 곁에 있어야 할 삼툭은 웬일인지 나와 멀찌감치 떨어진 높은 곳에 서서 무엇인지 생각에 잠겨 있었다. 바람에 옷깃을 날리며 생각에 잠겨 있는 그 모습이 룽다를 연상시켰다. 잠시 후, 숨을 헐떡이며 파상과 함께 벼랑 위로 모습을 드러낸 이겸이 그런 삼툭의 모습을 카메라에 담았다. 곧이어 삼툭은 시계를 들이밀며 우리를 채근했다.

늦은 오후, 무이 라 산정의 룽다를 바라보며 다시 걸음을 옮기는 등 뒤로 서늘하고 아름다운 닥마르의 기운이 계속 따라왔다.

가릉빈가迦陵頻伽

끼룩 끼룩 끼룩, 커다란 새 한 마리가 내 머리 위에서 포물선을 그리며 날고 있었다. 닥마르에서 본 그 새일까, 새는 무이 라Mui La 위 드넓은 창공을 천천히 선회하였다. 고원과 협곡을 날개에 담고 유유히 비행하는 저 새가 가릉빈가, 곧, 묘음조인가 싶었다. 그럴 리가, 가릉빈가는 극락정토의 설산에 산다는 새가 아닌가. 하늘의 조화인가. 나는 어느 새 그 새가 되어 바람을 타고 무스탕 하늘을 날고 있었다.

아, 내가 날고 있다. 찬란한 빛 사이를 가르며, 가볍게 가볍게, 허공에서 헤엄치니, 놀랍구나. 높이 올라갈수록 넓어지는 하늘, 어머니 계신 하늘, 하늘은 이렇게 거칠 것이 없구나. 구름을 뚫고 더 높이 오른다. 더 넓어진 하늘, 자유의 공간. 온갖 욕심에서 해방되는, 온갖 미움이 사라지는, 사랑하는 이들과 함께 하는…… 니르바나nirvana의 세계. 고개를 조금 숙이니, 아하, 미끄러지듯 내려가는구나. 저기가 마랑 마을, 저기가 짜랑 마을. 메밀밭이 아름답구나, '극락의 꽃밭'인가. 시냇물도 흐르네, 버드나무도 출렁이고, 포플러에 쵸르텐(불탑)도 있고, 아낙네들은 밭에서 일을 하고, 큰 절도 있구나. 기다란 언덕도 있는, 정다운 마을, 평화로운 마을…… 해가 지는구나. 이제 저 아래로 가서 쉬어야겠지.

　무이 라 산정에서 때마침 머리 위를 비행하던 새가 되는 착각에 잠시 빠졌다. 기분 좋고 황홀한 착각이었다. 아마도 무이 라 위에서 바라본 짜랑 마을의 풍경이 그럴 만큼 비현실적으로 아름다운 절경을 그리고 있었기 때문일 터였다.

　무이 라 아래, 비낀 해를 받고 있는 짜랑 마을의 들판도 역시 색색의 메밀꽃으로 물들어 있었다. 길은 계속 내리막으로 이어져 갔다. 길 왼쪽 계곡 너머로 보이는 마랑 마을은 마을 위까지 내려온 구름에 잠겨 신비감이 감돌았으며, 짜랑 마을을 둥글게 둘러싼 고원의 산에서는 휙휙 지나가는 구름 그림자로 짙은 명암이 교차했다. 그로 인해 더욱 장대하고 웅숭깊어 보이는 고원. 바람도 잠잠해진 고요한 고원의 호젓한 길에 네 나그네가 묵묵히 걸음을 옮겨갔다.

　어느 산허리를 돌아갈 무렵. 산 중간에 층을 이루고 댐 모양으로 길게 뻗은 언덕이 눈에 들어왔다. 꿈결에서나 봄직한 아득한 모습에 콧등이 시큰했다. 어릴 적 동무들이 놀고 있는 소리가 속삭이듯 들려오는 듯한 언덕이었다. 불현듯 풀잎 입에 물고 누워 놀던 어린 시절의 고향 언덕으로 가 보고 싶은 마음이 가슴에 사무쳤다.

짜랑마을 전경

영원히 잃어버린 순결의 시절, 순결한 마음. 그 무구無垢하던 시절로부터 나는 얼마나 멀리 떨어져 나와 있는지……. 뭉클한 심정으로 언덕에서 눈을 떼지 못하고 걸어가는 내 머리 위로, 무이 라 위에서 보았던 그 새가 계속 선회하더니 언덕을 향해 날아갔다. 까맣게 실루엣이 되어 언덕을 향해 금을 그으며 가는 새의 자취를 따라, 어릴 적 순수의 시절을 그리는 가슴이 너울져 흘러갔다.

나 돌아가면 말하겠네
묘음조 한 마리 보았노라고

나 돌아가면 들떠 말하겠네
그 날개에 얹혀 풍성한 창공을 헤엄치며 놀았노라고

나 돌아가면 꿈꾸듯 말하겠네
바람 타고 오르자 하늘 문이 스르르 열렸노라고

나 돌아가면 한잔 술과 함께 말하겠네
빛, 열락悅樂의 빛을 마음껏 마셨노라고

나 돌아가면 사랑하는 이에게 말하겠네
그대와 함께 날았노라고

나 돌아가면 고요히 앉아 말하겠네
그 새, 내 어린 시절 언덕 너머로 날아가 버렸노라고

꿈결, 짜랑 마을

먼 데서 보낸 소식인 듯
어떤 이의 눈물인 듯
누구의 소망인 듯
초저녁 하늘에 손톱만한 달

   카그베니를 떠난 후 처음 보는 달이 너무 반가워, 고개를 쪽 빼고 눈을 맞춘 달빛. 그 아래, 세로로 열 지은 여덟 개의 발이 사부작사부작 짜랑 마을로 들어갔다. 작은 손전등 빛에 드러나는 시냇물을 건너고, 바람에 출렁이는 메밀꽃 밭도 흘깃흘깃 보면서 정적에 싸인 짜랑 마을의 불빛을 바라보고 걸었다. 피로 때문인가, 꿈길을 헤치며 가듯 몽롱했다. 조심조심, 밭을 따라 구불구불 쌓여 있는 키 낮은 돌담을 끼고 돌 때였다. 맞은편에서 불빛 하나가 흔들흔들 다가왔다. 마중 나온 마부 치링다이였다. 그렇게 반가울 수가! 서로 손을 덥석 잡고 "나마스테!" "나마스테!" 하며 인사를 주고받았다.

내가 물었다.

"따뻐니 틱챠(말들도 잘 있죠)?"

"틱챠, 틱챠!"

또 물었다.

"창, 챠(창 있어요)?"

"챠! 챠!"

고개를 크게 끄덕인 그가 잇몸을 드러내며 웃었다. 술 생각이 몹시 났던 터라 나도 크게 웃었다.

마음씨 고운 치링다이가 앞장서 걸었다. 앞서 가면서도 수시로 뒤돌아보며 밤눈이 어두워 뒤뚱거리는 나를 살펴 주었다. 그가 손전등도 없이 잘도 걷는 파상과 무슨 얘기를 주고받으며 계속 깔깔거리며 웃었다. 뭐가 그리 재미있는지 삼툭에게 물어 보니 나처럼 밤길에 더듬거리는 사람은 처음 본다는 것이었다. 오랜만에 보는 달, 시냇물 소리, 웃음소리. 열두 시간 내내 걸어 온 긴 하루의 피로가 달빛에 풀어지고, 심성 고운 사람들의 웃음 속에 흩어졌다. 달도 사람들도 어지간히 고왔다.

꽤 어둑어둑해져서 도착한 짜랑 마을. 키 높은 포플러나무들이 우수수 무성한 잎들을 바람에 털어 내고 있었다. 짜랑은 무스탕에서 로만탕 다음으로 큰 마을이다. 우리는 마을의 초입, 빛이 새어 나오는 제법 큰 2층집으로 들어섰다. 집 안에 설치된 나무 계단으로 1층과 2층을 오르내리는 전형적인 무스탕 가정집이었다. 1층은 두엄이나 잡동사니를 쌓아 두는 헛간과 가축 우리로 사용하고, 숙식은 2층에서 해결했다. 2층 다이닝룸에 들어간 우리는 집주인의 아들과 인사를 나눴다. 잘 생긴 젊은 청년이었다. 그는 한국에 대해서 잘 알고 있다며 우리를 환대했다.

　손을 씻자, 식사도 나오기 전에 치링다이의 창 세례가 시작되었다. 그는 술을 따르기에 앞서 술잔 가장자리에 버터를 조금 발랐다. 행운을 빈다는 뜻이 담겨 있는 그네들의 습속이었다. 닷새를 큰 탈 없이 지내 왔고 달도 고운 밤이라, 식사 전이지만 얼근하게 술 기운에 빠져들었다. 한두 잔에 얼굴 벌개진 이겸도 기분이 좋아 보였다. 술이 몇 순배 돌고 난 뒤에 식사가 들어왔다. 저녁 여덟시. 화덕에서 식사 준비를 하던, 친척인 듯 보이는 아주머니가 주인 아들에게 달바트 타르카리가 담긴 식판을 건네주었다. 그들은 꼭 여덟시가 되어야 식사를 한다. 그 전에 아무 할 일이 없어도 그저 앉아 시간 가기를 기다린다.

　식사 뒤에 주인 아들이며 삼툭, 치링다이, 아카바드까지 합류하여 다시 술자리가 이어졌다. 파상은 친척 아저씨인 삼툭이 어려워 되도록 술을 삼갔고 고딸다이와 꺼멀다이는 따로 다른 벽 앞에 앉아 마셨다. 침침한 불빛이 오히려 정겨움을 돋우는 방 안은 꼭 옛날 우리네 선술집 분위기였다. 몇 잔을 마시더니 주인 아들이 옆방으로 가서 할 일이 있다고 능숙한 영어로 말하며 일어섰다. 그는 밤에 짬을 내어 얼마 후에 있을 마을 축제를 위해 동네 남녀 젊은이들에게 춤과 노래를 가르쳐 주고 있다는 것이었다. 어느 틈에 사람들이 모였는지 옆방에서 노랫소리가 들려왔다. 가사는 알 수 없었지만, 음반으로 듣던 티베트 노래와 분위기가 비슷한 노랫소리는 우리 정서와도 잘 맞았다. 노래 부르며 춤추는 모습이 궁금해, 파상을 앞세워 옆방으로 갔다. 문 없는 방에 살그머니 고개를 디밀고 바라보았다.

　티베트 전통 악기 삐왕Phiwang(기타와 비슷한 악기)을 치며 중앙에 서 있는 주인 아들 둘레로 십여 명의 젊은 남녀들이 빙빙 원을 그리며 노래하고 춤을 추었다.

빨래터에서 일하는 닥마르 마을의 아낙네들.

짜랑 마을 들판에서 만난 아낙과 아기들. 햇빛에 얼굴이 그을렸을 뿐, 생김새가 우리
와 비슷하다.

티베트 전통 복장을 한 스무 살 전후의 그들은 좌로 몇 걸음 가다 탕! 우로 몇 걸음 가다 탕! 하며 발로 바닥을 구르고, 양손은 머리 위로 들어올려 배배 꼬는 춤을 반복했다. 노래할 때 여자들은 가성을 써 가며 목청을 높이 올렸고 남자들은 굵은 목소리의 코러스로 화답을 했다. 얼마나 재미있고 흥겨워 보였는지 방 밖에서 나도 모르게 그들의 춤을 따라 했다.

다이닝룸으로 돌아와, 그들의 노래와 춤에 대한 사례로, 창 몇 주전자와 맥주 몇 병을 사서 그 방으로 들여보냈다. (무스탕에서는 로지가 아닌 일반 여염집에서도 여행객을 받는 곳이면 잠도 자고 술도 살 수 있다.) 이겸은 먼저 잠자러 들어가고,

길에서 만난 농부.

삼툭과 나는 꿈결처럼 들려오는 노랫소리를 안주 삼아 계속 마셨다. 이 곳 짜랑에서 하루를 더 묵기로 했기에 제법 여유가 있는 덕분에 마음 푹 놓고 마실 수 있었다. 멀리서 개 짖는 소리도 들려오니 취객의 마음은 더욱 푸근해졌다.

다음 날, 늦잠에서 깨어나니 이겸은 벌써 파상을 데리고 마을 근처로 촬영을 나간 뒤였다. 삼툭도 어디선가 늦잠을 자는 모양인지 보이지 않았다. 아침 생각은 아예 없어 혼자 숙소를 나섰다. 해가 거의 중천이었다.

마을 주위 제법 큰 나무들이 곳곳에서 바람을 맞고 있을 뿐, 오가는 이 보이지 않는 마을은 텅 비어 있는 것 같았다. 대개 2층으로 지어진 집들을 둘러보며 골목 끝으로 나갔다. 닥마르보다 훨씬 넓은 들판에는 메밀꽃이 눈부시게 피어 있었고, '무스탕의 오아시스'라는 말마따나 풍부한 물을 담은 탐스러운 물줄기들이 들판으로,

마을로 이리저리 흐르고 있었다. 물에 비친 햇빛이 눈이 부셨다. 그 물에 얼굴을 씻었다. 말 그대로 금간옥수金間玉水였다. 전날 밤 여러 번 건너온 시냇물인 듯싶어 상류 쪽으로 눈을 옮기니 메밀밭 너머로 언덕이 눈에 가득 들어왔다. 전날 내려올 때 보았던 그 언덕이었다.

우리의 옛날 이야기를 속살거리고 있는 듯한 언덕. 가슴 아릿한 사연이며 마음 따뜻한 이야기들을 잔뜩 품고 있는 듯한 언덕. 한달음에 올라가 보고 싶었다. 그 언덕에 오르면 옛날 어릴 적 동무들을 만날 수 있을 것 같았다. 마음 속으로 고향 노래를 부르며 꿈길에라도 오른 듯 망연히 앉아 언덕을 바라보았다. 어린 시절로 돌아가고 싶은 것은 그만큼 마음이 탁해져서일까, 하고 생각하며 일어나 시냇물을 따라 마을 아래로 향했다. 졸졸거리는 시내를 따라 간 마을 안쪽에는 다른 곳에서 흘러온 두세 물줄기들이 집들 사이로 이리저리 흐르고 있었다. 그 물에 빨래하는 아낙들과 눈으로 인사하며 한국의 초여름 속 같은 마을을 어슬렁어슬렁 돌아다녔다. 고운 소리로 노래를 부르며 농기구를 들고 밭으로 가던 서너 명의 처자들이 나를 보고 괜스레 까르르 웃으며 멀어져 갔다. 까딱 까딱, 그들의 머리가 메밀꽃 사이로 흔들리는 모습을 보고 따라가 볼까 망설이다, 돌멩이 툭 차 넣은 시냇물 가에 다시 앉았다.

나른한 햇빛이 시냇물을 간질거리는 한낮. 쏴아아, 한 떼의 바람이 나무를 흔들었다. 나무 끝에 걸린 구름이 씰룩거리며 흘러갔다. 물속에도 쌍둥이 구름이 흐르고 있었다. 한 나그네도 구름에 실려 둥둥 떠내려갔다.

짜랑 마을의 한 때가 꿈결에 일렁거렸다.

우리네 지게와 비슷한 역할을 하는 도꼬에 가축 먹일 풀이 한가득이다.

짜랑 마을에서 만난, 도꼬를 진 아낙들. 무스탕 사람들은 남녀 할 것 없이 걷기 시작
할 때부터 도꼬를 지고 짐을 나른다.

춤추는 연꽃

마을 언저리를 돌아 숙소에 돌아오니 마을 밖 멀리까지 나가 촬영을 했다는 이겸이 와 있었다. 몸이 좋지 않다는 파상을 쉬게 하고 삼툭과 함께 짜랑 마을의 곰파(절)로 향했다.

마을 끄트머리, 벼랑 위에 자리 잡은 다르카일링Dharkayling 곰파는 역사가 755년이나 된다고 했다. 그다지 큰 규모는 아니었지만 무스탕의 세찬 바람을 그렇게 오래 견뎌 냈다니 무엇보다 그 견고함이 놀라웠다. 우리가 방문했을 때 법당은 ACAP(Annapurna Conservation Area Project), 곧, 안나푸르나 보호구역 프로젝트의 지원을 받아 낡은 외벽을 보수하는 중이었다.

곰파에 들어서니 스님이 좀처럼 보이지 않았다. 한참 만에 삼툭이 스님 한 분을 모셔왔다. 퉁퉁하고 마음씨 좋게 생긴 스님이 굳게 잠긴 법당 문을 열어 주어 안으로 들어갔다.

전기가 있을 턱이 없는 절 안은 촛불마저 켜 있지 않아 몹시 어두웠다. 한참을 기다려 눈이 어둠에 익숙해져서 둘러보니, 법당 분위기는 대체로 칙칙하고 무거웠다. 불상과 벽화, 탱화 등이 매우 고풍스러웠고, 오랜 세월 법당을 지켜 온 엄청나게 굵은 기둥이 눈에 강하게 들어왔다. 높은 천장에는 색색의 커다란 천들이 주렁주렁 걸려 있고, 한쪽 벽에는 오래 된 티베트 불교 경전이 먼지 속에 수북이 쌓여 있었다. 스님이 그 중 하나를 꺼내 보여주는데 한눈에도 오랜 세월의 연륜과 경건함이 물씬 느껴졌다. 법당 실내와 경전을 촬영하고 싶다고 하니 스님은 완강히 거부했다. 오랜 전통이라 어쩔 수 없다는 것이었다. 간신히 법당 문 바깥 쪽은 촬영해도 좋다는 허락을 받아 몇 장 찍을 수 있었다.

촬영을 마친 뒤에 스님과 함께 아이들 소리가 들려오는 곳을 향해 법당 옆 별채를 돌아갔다. 돌아가자마자 우리는 눈 앞에 펼쳐진 광경에 깜짝 놀랐다. 갑자기 뻥 열린 널따란 마당에 초등학생 나이의 아이들이 축구를 하고 있는 것이 아닌가. 그 깊고 깊은 오지에서 아이들이 축구하는 모습도 신기했지만, 운동장의 입지가 특히 놀라웠다. 마당 가장자리 돌담 아래로는 깎아지른 협곡이 내리닫고 있었고, 멀리로는 포물선을 그리며 솟아 있는 히말라야 산맥이 겹겹이 포진하고 있는 곳에서 축구를 하고 있는 모습이라니! 세계에서 가장 높은 운동장이요, 단 하나밖에 없을 그런 운동장이었다. 그 곳에서 뽀얀 먼지를 일으키며 아이들이 축구하는 광경을 한동안 마냥 신기해하며 바라봤다. 어느 티브이 광고에서 비슷한 장면을 본 적이 있지만, 해발 3,600미터 고지에서 아이들이 축구하는 모습을 막상 실제로 보자니 처음에는 실감이 나지 않았던 것이다.

아이들은 두 편으로 편을 나누어 나무로 엉성하게 만든 골대를 세워 놓고 맨발이면 어떻고 구멍 난 신발이면 어떠랴 하며 신나게, 열심히, 진지하게 경기에 열중했다. 아이들은 돌투성이 땅에서 슬라이딩도 하고 까까머리로 헤딩도 하면서 축구 삼매에 빠져 있었다. 가끔 끈 없는 신발짝이 공 대신 허공에 뜨면 자기들도 우스운지 모두 배꼽 잡고 깔깔깔 웃었다. 다른 스님 한 분이 아이들 틈에서 벙긋벙긋 웃으며 지켜보고 있었다. 그 스님은 그저 축구하는 모습을 구경만 할 뿐, 심판을 보는 것도 아니었다.

히말라야 설산과 고원 협곡에 둘러싸인 짜랑 곰파 운동장에서 어린 라마승들이 놀이 시간에 축구를 하고 있다.
이런 광경을 어디서 또 볼 수 있을까.

알고 보니, 그 아이들은 곰파에서 기거하는 어린 라마승들이었다. 수행 공부 중에 놀이 시간을 맞아, 잠시 법복을 벗고, 축구에 신명을 내어 몰두하고 있는 어린 스님들이었다.

"텔레비전도, 만화 가게도 없구요, 컴퓨터는 꿈 속에도 없지요. 우리는 축구밖에 할 게 없어요. 그래도 얼마나 재미있는데요."

열심히 뛰고 있는 그 아이들, 아니 어린 스님들이 꼭 그렇게 얘기하는 것 같았다. 그러고 보니 이 곳에선 축구만이 이들이 할 수 있는 유일한 놀이지 싶었다. 하지만 그들은, 그 순간, 무엇 하나 부럽지 않은 표정으로 강아지처럼 즐겁게 뛰며 축구에 열중하고 있었다. 그들은 땅을 박차고 뛰어다니는 '자유로운 영혼'임에 틀림없어 보였다.

19세기 독일 관념주의 미학자 프리드리히 쉴러F. Schiller는 인간이 가장 인간다울 때가 '유희' 할 때라고 했다. 물질을 소유하려는 본능적인 욕심에 사로잡히지도 않고 세상 이치가 무엇인지를 따지지도 않으며, 오로지 놀고 있을 때, 유희할 때가 가장 인간답다고 했다. 물욕에 사로잡힌 본능적인 충동과 세상의 이치를 깨우치려고 하는 이지적인 충동을 즐거운 것으로 바꾸고, 그 두 가지 충동을 다 아우르고 동물성과 신성을 다 아우르며 감미로운 감정에 사로잡히게 하는 것이 바로 유희라고 했다.

넓디넓은 절 마당을 운동장으로 삼고, 설산과 고원 협곡을 관중석으로, 구름과 태양을 관중 삼아 유쾌하게 뛰어노는 어린 라마승들. 문명으로부터 가장 멀리 떨어진 곳에서, 하늘과 히말라야 산맥과 고원 전체를 품고서 공을 차고 있는 그들은 거칠 것 없는 순수한 영혼들이었다. 세상에서 가장 자유로운 바람이었다. 꿈길에서 춤추며 노는 한 무리 연꽃이었다. 그들은 또한 바로 내 어릴 적 내 동무들이이기도 했다.

아이들 틈에 섞여 신나게 셔터를 누른 이겸은 경기가 끝나자 양 편의 아이들을 일렬로 세우고 기념 촬영을 했다. 그리고 작은 배낭에 담아 다니는 사탕과 초콜릿, 과자를 남김없이 나눠 주었다. 스님께도 작은 정성을 모아 시주를 했고, 스님은 기꺼이 받으시더니 우리에게 버터 차를 대접해 주셨다.

예쁜 땅을 밟으면 다리가 다치지 않아요

취하지 않으면 미칠 수 없고
미칠 때에는 자못 시를 짓지

강세황

짜랑에 다시 달밤이 찾아 들었다. 밤 이슥하도록 다이닝룸에 앉아 있는데, 전날처럼 옆방에서는 젊은이들이 춤추며 노래하고 있었다. 문득 노래말이 몹시 궁금해 삼툭에게 해석을 부탁해 받아 적었다.

메도 당보 짜위라마풀(꽃 한 송이 꺾어 큰스님께 드리고 싶어요).

메도 니바 갸우라풀(꽃 두 송이 꺾어 왕께 드리고 싶어요).

메도 순바 진친파마라풀(꽃 세 송이 꺾어 부모님께 드리고 싶어요).

메도 시바 독부라풀(꽃 네 송이 꺾어 친구에게 주고 싶어요).

로맨틱한 곡조에 실려 들려오는 예쁜 노래말은 그대로 한 편의 시였다.

사시 뺨브질라 디삐 도우니민두(예쁜 땅을 밟으면 다리가 다치지 않아요)

사시 뺨브질라 디삐 도우니민두(예쁜 땅을 밟으면 다리가 다치지 않아요)

후렴구 같은 마지막 두 줄은 그대로 훌륭한 시였다. '미치도록' 아름다운 시였다. 노래를 들으며, 전날에 본 그들 젊은 남녀의 춤 동작을 떠올리면서 입 속으로 제법 익숙해진 노래를 따라 흥얼거렸다. 천사들의 노래요, 천상의 몸짓 같았다. 꿈을 꾸는 듯했다. 꼭 술기운 때문만은 아니었다. 웬만해서 감정 표현을 하지 않는 삼툭도 얼굴 가득 웃음을 띠고 발로 박자를 맞추며 고개를 끄덕이고 있었다.

그에게 엄지손가락을 치켜들고 말했다.

"라므로, 엑땀 라므로 기트(아름다워요, 정말 아름다운 노래예요)."

"라므로, 엑땀 라므로 라트(아름다워요, 정말 아름다운 밤이에요)."

나이답지 않게 수줍은 얼굴로 그가 맞장구쳤다.

"백선생님뻐니 라므로 차(백선생님도 아름다워요)."

둘러보니, 함께 자리한 사람들 얼굴마다 웃음과 신명이 홍건했다. 몽계夢界에 들어선 나그네들이 '나비 꿈'을 꾸고 있었다. 시비是非, 선악善惡, 미추美醜, 화복禍福의 분별이 없는 세계, 장자가 그린 이상향의 세계.

　'예쁜 술을 마시면 취하지 않는' 밤…….

짤랑 콜라를 지나니 모습을 드러내지 않은 채 물을 흘려보내는 설산의 고리를 만나게 되었다.

룽다에 기대 햇빛 가득한 로만탕을 바라보고 있던 나는, 어쩐지 헛헛한 마음을 달래기 힘들었다. 수도 로만탕의 모습은 그 때까지 지나쳐 온 여러 부락들과는 물론 여러모로 크게 달랐다. 하지만 내심으로 상상하던 것과 달라 실제의 로만탕은 기대에 미치지 못했다. 나는 훨씬 더 '환상'적인 무엇을 꿈꾸었던 것이다. 여기까지 오는 동안 들어올수록 더욱더 크게 놀라고 감탄하게 만들던 무스탕의 마력적인 풍광들을 지나쳐 오면서, 로만탕은 경탄스러움의 클라이맥스가 되리라는 섣부른 기대를 하고 있었던 탓이었다.

육백 년 고도

로만탕, 샹그릴라?

　짜랑에서 충분히 휴식을 취한 우리는 아침 일찍 로만탕을 향해 떠났다. 짜랑 콜라Charang Khola 계곡에서 잠시 급경사를 만났을 뿐, 이어지는 길은 믿기지 않을 만큼 넓고 평탄했다. 길이 아주 서서히 고도가 높아져서 우리는 비스타리, 비스타리(천천히, 천천히) 적응해 나갈 수 있었다. 그런 완만한 길이 얼추 네 시간 가까이 이어진 끝에 '숭다 쵸르텐Sungda Chorten'이 나타났다. ('쵸르텐'은 티베트 불교의 불탑을 일컫는 말이다. 사각형 붉은 기단 위에 물을 상징하는 반구형을 얹고 맨 위에 불을 뜻하는 뾰족 탑을 세운다. 그 안에는 진언을 새긴 마니석이 봉납돼 있으며 보석이나 경전 등을 넣기도 한다.)

　티베트 불교도들은 쵸르텐을 지나갈 때 반드시 왼쪽으로, 다시 말해 시계 바늘 도는 방향으로 돌아간다. 정확한 이유는 알려져 있지 않지만, 어떤 사람은 신은 시계 반대 방향으로 돌기 때문에 신을 만나려면 시계 방향으로 돌아야 해서라고 말한다.

로만탕 직전의 어느 천막 가게 안.

　보수 공사가 한창인 쵸르텐 옆에는 천막으로 된 허름한 노점이 자리 잡고 있었다. 그 때까지 보지 못했던 풍경이라 뜻밖이었다. 수도 로만탕이 가까운 곳이라 그런 것 같았다. 노점 주인은 우리를 보자마자 천막 앞에 늘어놓은 조악한 기념품들을 사 달라고 졸라 댔다. 살 마음이 없어 대충 훑어보는 시늉만 하고 나서, 그 대신

어린 왕 지그메를 찾아 도모니가 답사

음료수를 주문했다. 주인은 천막 안에서 중국산 콜라를 들고 나왔다. 로만탕은 티베트와 국경을 가까이 하고 있어 중국 물품이 그 곳까지 침투(?)해 있었던 것이다. 무스탕에서는 귀한 삶은 계란도 있어 몇 개 집어 들어 껍질을 벗길 때 이겸이 우스개 말을 툭 던졌다.

"인생은 장난이요, 삶은 계란이다."

뜬금없는 그 말이 얼마나 우스웠던지 배꼽을 잡고 웃었다. 무표정할 때 심각해 보이기까지 하는 이겸이 얼굴에 잔뜩 힘까지 주고서 해묵은 썰렁한 우스개를 내놓으니 더욱 우스웠다. 웃음이란 게 묘해서, 한 번 터진 웃음은 까닭 없이 계속 이어지기도 한다. 두 사람은 웃음에서 좀처럼 벗어나지 못한 채, 길을 다시 가면서도 틈만 나면 킬킬거리고 웃었다.

"겸아, 우리 그만 웃자. 웃는 바람에 계란 먹은 배도 다 꺼져 허기가 지잖니."

"형이 웃으니까 나도 자꾸 웃음이 나잖아요? 그만 좀 웃어요."

그러고는 우리는 얼굴을 마주보며 또 한참을 웃었다.

오후가 되자 바람은 예외 없이 거세졌다. 쵸르텐 너머 비스듬한 경사 길을 이룬 툴룽Thulung 지역에는 골짜기도 아닌데 길 위로 제법 거센 물길이 흘러갔다. 얼마쯤 가려니 아카바드가 오래 된 집터의 ㄷ자 돌무더기 사이에 음식을 펼쳐 놓고 우리를 기다리고 있었다. 맑은 물소리와 함께 먹는 밥은 꿀맛이었다.

점심 뒤에 물길을 따라 한 시간쯤 걸었을까. 텅 빈 하늘에 수직으로 금을 긋고 있는 룽다가 눈에 들어왔다. 드디어, 옛 무스탕 왕국의 수도, 로만탕Lo-Manthang(해발 3,809m)이 훤히 내려다보이는 로 라Lo La(해발 3,950m) 위에 올라섰다! 말갈기 형상으로 몸을 날리며 우리를 맞아 준 룽다. 한낮의 태양. 삽상한 바람. 활처럼 휜 줄에서 나부끼는 타르촉. 티베트를 향해 내달리는 고원의 산, 협곡들. 그들이 품은 오색 들판.

　카그베니를 떠난 지 이레 만에, 우리는 드디어 600년 고도에 당도했다. 무언지 모를 벅찬 감회와 함께.

　로만탕은 14세기에 아메 팔 왕에 의해 축조된 옛 무스탕 왕국의 수도이다. 아직

로만탕에 있는 왕궁 출입문.

도 그 원형을 대부분 고스란히 갖고 있는 이 고도는 유구한 세월을 버텨 낸 역사의 유물이고 시간의 증인이다. 로만탕은 길이 약 74미터, 높이 8미터의 성곽으로 이루어져 있어, '벽의 도시(The Walled City)'라는 별칭을 갖고 있다. 성 안 왕궁에는 22대 세습 왕인 지그미 팔벌 비스타Jigmi Parber Bista가 살고 있다. 그러나 그는

로 라 위의 룽다와 타르촉.

네팔 정부의 보호를 받고 있는, 아무 실권 없는 상징적인 존재일 뿐이다.

성 동쪽 협곡에는 독폴로 콜라Dokpolo Khola가 흐르고, 멀리 북으로는 해발 6,000미터나 되는 무스탕 히말Mustang Himal이 로만탕을 굽어보며 티베트와 국경을 이루고 있다. 성의 서쪽과 북쪽에 형성되어 있는 초지와 경작지는 그 규모가

무스탕의 다른 지역과는 비교할 수 없을 만큼 넓었다. 그것만으로도 왕국의 수도를 그 곳에 자리 잡은 이유를 짐작할 수 있었다.

로만탕의 주민은 대개가 로바Loba 부족으로, 약 1,100명이 살고 있다. 티베트 불교도들인 그들은 카르규파Kargyupa와 샤캬파Sakuyapa, 두 부류로 나뉜다. 혹독하게 추운 겨울에는 집집마다 가축을 돌보는 사람 한둘만 남고 주민들 대부분이 남쪽으로 내려가 두 달에서 넉 달쯤 월동을 하고 다시 돌아온다.

룽다에 기대 햇빛 가득한 로만탕을 바라보고 있던 나는, 어쩐지 헛헛한 마음을 달래기 힘들었다. 수도 로만탕의 모습은 그 때까지 지나쳐 온 여러 부락들과는 물론 여러모로 크게 달랐다. 하지만 내심으로 상상하던 것과 달라 실제의 로만탕은 기대에 미치지 못했다. 나는 훨씬 더 '환상'적인 무엇을 꿈꾸었던 것이다. 여기까지 오는 동안 들어올수록 더욱더 크게 놀라고 감탄하게 만들던 무스탕의 마력적인 풍광들을 지나쳐 오면서, 로만탕은 경탄스러움의 클라이맥스가 되리라는 섣부른 기대를 하고 있었던 탓이었다. 거기에 더하여, 제임스 힐튼의 소설 "잃어버린 지평선"에 나오는, 지상 낙원 샹그릴라Shangrila로 묘사된 카라칼 계곡의 모습을 로만탕에 덧씌우기까지 했으니, 더욱 그랬다. 이겸도 나와 비슷한 생각이었던지, '뭐 이렇지?' 하는, 실망하는 표정이었다.

만일에 이 지구 위에 샹그릴라가 있다면, 어떤 모습이어야 할까. 구름 위에 떠 있는 공중 도시여야 할까? 한 해 내내 쌍무지개 뜨고, 계절 없이 갖가지 꽃 만발한, 금물 시내 흐르는 곳이어야 할까? 그 안에 사는 이들은 하루 종일 웃는 얼굴로 산해진미만 먹고 살까? 너나없이 아름답고 아프지도 늙지도 않은 채로 영생의 삶을 살까?

로만탕 안의 중심 도로.

성벽처럼 궁 내부를 둘러싸고 있는 왕궁 건물.

싸움도 없고 미움도 없고 절망도 질투도 후회도 없을까? 만일에 그렇다면, 과연 그런 세상에서 살고 싶을까?

룽다 아래 비스듬히 누운 채로 한동안 있었다. 그리고 이내 로만탕에 대해 허욕에 가까운, 터무니없이 부풀린 기대를 털어 버렸다. 오지의 나라 네팔에서도 또 가장 오지인 로만탕에 발을 디딘 것만으로도 충분한 행운이라고 생각했다.

이겸이 촬영을 마칠 때쯤 수백 마리 양 떼가 또 느닷없이 나타났다. 건너편 산등성이에서 목동은 허공에다 채찍을 던져 소리를 내며 양 떼를 이끌었다. 양들이 보송보송한 흰 털로 싸인 몸으로 햇빛을 찰랑찰랑 받으며 로만탕으로 내려가는 풍경은 평화롭기 그지 없었다. 그 모습이 금빛 시내가 흘러가는 것 같았다. 샹그릴라!

로 라 아래 작은 골짜기를 건너 들어선 로만탕 입구에는 맑은 시내물이 길 위에 흐르고 있었다. 그 물을 요리조리 건너며 성곽을 따라 죽 뻗은 길에 들어섰다. 성곽 쪽에는 무스탕에서 처음 보는 3층짜리 집들이 줄지어 서 있었다. 우리는 3층집들 중 한 집의 바로 아래에 있는, 우리의 숙소로 정해진 작은 현대식 건물로 들어갔다. 지은 지 얼마 안 돼 보이는 엉성한 단층집은 여행객들을 위한 로지 대용으로 쓰이는 곳으로, 잠자는 방 세 개, 취사용 방 두 개에 조그만 마당이 딸려 있었다. 짐 정리를 대충 하고 삼툭과 함께 성 안에 있는 ACAP 사무실이 있는 곳으로 향했다. 그곳에 여행 허가증을 다시 제출해야 하기 때문이었다.

제법 크고 육중해 보이는 성문으로 들어가니, 성 안은 요새처럼 또 다시 높은 벽에 둘러싸인 왕궁이 대부분을 차지하고 있었다. 성곽과 왕궁 사이 좁은 통로 변에 위치한 ACAP 사무실에서 확인 도장을 받은 우리는 성 뒤쪽 계곡 위로 갔다. 우렁찬 소

로만탕 성내에 위치한 ACPA사무실 앞에서의 필자.

리를 내며 흐르는 독폴로 콜라 주변으로 드넓게 펼쳐진 녹색 지대. 지금까지 볼 수 없던 드넓은 평원은 이 곳이 옛 왕국의 곡창 지대였음을 말해 주고 있었다. 계곡 건너에는 쵸세르로 이어지는 평탄한 길이 티베트 쪽으로 가물가물 이어져 있고, 성 남쪽은 구름 가득한 히말라야 산맥을 향해 고원의 산과 협곡이 아스라이 뻗어 갔다.

넓은 평원을 적시는, 무스탕에서 가장 수량이 풍부한 독폴로 콜라와 평원을 바라보며 생각했다. 로만탕은, 필경, 오랜 옛날 티베트 고원 일대에 사는 이들이 가장 살고 싶어하던 '그들만의 샹그릴라'였을지 모른다고.

저녁 무렵, 중년의 인도인 남편과 프랑스인 부인 그리고 그들의 다섯 살배기 아들을 숙소 마당에서 만났다. 사진을 찍는 남편과 글을 쓰는 부인은 잡지에 무스탕 취재기를 싣기 위해 아이와 함께 여행길에 나섰다고 했다. 이런 험한 오지에 어떻게 어린 아들을 데리고 다니냐고 했더니, 아이는 여행 내내 말에 태워 다닌다고 했다. 낯선 외국인들끼리 무스탕을 여행한다는 점에서 동지애를 느꼈던 듯, 서로 반가운 마음에 함께 음식을 나누어 먹고 나서 주석을 폈다. 로만탕 입성 첫날, 서로의 여행담을 안주 삼은 술자리가 밤 공기 쌀쌀한 마당에서 시간 가는 줄 모르고 무르익었다. 첫 만남에 서로 통한 그들과 우리는 아이까지 포함해 다섯 곡의 노래를 로만탕 하늘에 띄웠다. 양 팀의 스태프들은 스태프들대로 취사실에서 서로 어우러져 창 주전자를 비웠다. 아이가 하품을 할 때쯤 다음을 기약하며 술자리를 파했다.

카그베니를 출발할 때 초승달이던 달이 그 사이 반달이 되어 달무리를 두르고 빛을 내고 있었다. 투명한 밤 공기 속에서 달은 더없이 선명했고, 둥근 달무리는 로만탕을 애무하듯 감싸안고 있었다. 마당에 혼자 남아 밤하늘을 보며 생각했다. 내 마음이 달무리처럼 둥글 수 있다면 그것이 바로 '나만의 샹그릴라'가 아니겠는가고.

말 축제, 야르뚱

다음 날 오전 11시 쯤. 성문 앞은 삽시간에 모여든 말과 사람들로 미어터질 지경이었다. 여름철이면 로만탕에는 '야르뚱'이라는 말 축제가 사흘 동안 열리는데 마침 우리가 도착한 다음 날 축제가 시작되었다.

축제 첫 날은 무스탕의 가장들이 왕 앞에서 말 타기 경주를 하는 날이다. 성 근처
에는 이렇다 할 공터가 없는지라 좁디좁은 골목에 수십 마리의 말과 가족, 구경꾼
들이 몰려들어 왕이 나오기를 기다렸다. 왕이 나와야 비로소 모두 성의 서쪽 넓은

축제에 참가한 왕.

초지로 이동하기 때문이었다. 성미 급한 사람들은 왕을 기다리는 동안 자기 말이
최고라고 뽐내며 그 좁은 골목에서 비공식 경주를 벌였다. 골목은 인마와 먼지와
사람들의 함성으로 터져 나갈 듯했다. 이윽고 행차를 알리는 총성이 몇 번 들리더
니 무장 경호원과 함께 왕이 나타났다. 선글라스를 끼고 다소 거만해 보이는 왕이

근엄한 표정으로 성 외곽 넓은 터로 향하자, 왕의 얼굴을 한 번이라도 더 보려는 사
람들과 행사 참가자들이 우르르 그 뒤를 따라갔다. 텐트 몇 동이 세워져 있는 탁 트
인 초지에 이르렀다. 그 곳에서 말 경주가 있을 것 같아 따라 나섰더니 그들은 그
곳에서 다만 음식과 술을 먹고 마실 뿐이었다. 몇 시간을 그렇게 노닐다가 결국은

말 축제, 야르뚱을 보기 위해 모인 젊은이들.

성 뒤쪽에 길게 뻗은 길로 옮겨가서 경주를 벌였다. 참 싱거운 축제였다. 하지만 그
들은 말 경주보다 왕과 함께한다는 것에 큰 의미를 두는 모양이었다. (둘째 날은 왕
비가 주인공이 되어 여자들이 모이고, 그 다음날은 승려들이 주축이 되어 축제를
이어 간다고 한다.)

티베트 전통 복장의 현지인이 노래를 하고 있다.

나 역시도 축제보다는 각지에서 몰려온 사람들에게 더 관심이 끌려 사람들을 하나하나 유심히 살펴봤다. 햇빛에 검게 탄 얼굴에 피어오르는 천진한 웃음, 작은 일에도 이내 웃음을 터뜨리는 순박함, 그리고 문명도 그 무엇도 결코 바꾸지 못할 맑은 눈동자가 참으로 인상적이었다. 나는 그들의 모습에서 척박한 자연과 싸워 이겨낸 강인함과, 때묻지 않은 수줍음과, 오랜 세월 지켜 왔거니와 앞으로도 계속 지켜

말꼬리에 단 장식이 이채롭다.

나갈 전통에 대한 믿음을 보았다. 외로움을 잘 타기 때문에 무리 짓기를 좋아하는 말처럼, 그들은 고원 깊숙한 곳에서 오래도록 서로 의지하며 살아왔을 것이다. 그리고, 그들은 계속 그들만의 삶과 전통을 이어 가려할 것이다. 지금 비록 독립 왕국은 네팔에 빼앗겼지만, 아직도 그들에겐 그들만의 피가, 정신이 흐를 터이다.

공허한 외침일는지 몰라도, 개발이라는 미명으로 밀려 들어오는 외지의 싸구려 문화일랑은 그들이 미련 없이 내치기를 바라는 마음 간절했다. (지금 로만탕 북쪽으로 무스탕과 티베트를 잇는 도로를 중국이 건설하고 있어, 질 낮은 산업 사회 문물이 쏟아져 들어오는 것은 시간 문제일 듯하다. 또 어떤 종교는 돈과 의술을 앞세워 이 곳 사람들의 오랜 신앙과 정신을 턱없이 유린하려 들고 있고, 젊은이들은 앞을 다퉈 도시로 외국으로 나가려고 무작정 무스탕을 떠나고 있는 실정이다.) 문명이란 것이 과연 그들 삶의 질을 높여 줄까?

결혼식을 치르는 신랑, 신부.

쵸세르의 영기靈氣

로만탕 인근의 두 곳을 정해 이틀 동안 왕복하기로 결정했다. 한 곳은 동굴 주거지로 이름난 쵸세르, 다른 한 곳은 야크 방목터인 레무치였다. 따라서 숙소도 로만탕에서 한 시간 거리인 남걀 마을에 있는 삼툭의 형 집으로 옮기기로 했다.

다음 날, 우리는 삼툭, 치링다이, 파상과 함께 쵸세르로, 나머지 스태프들은 남걀로 향했다. 이 이틀 동안은 말을 타고 이동하기로 했다. 샹보체 가던 날 잠깐 말을 탔던 기억을 떠올리며 소풍 갈 때처럼 기분이 몹시 들떴다. 치링다이가 특별히 신경을 쓴 푹신한 천을 얹은 말안장에 올라앉았다. 원정을 떠나는 장군이라도 된 듯 이랴, 이랴 하며 힘차게 말을 몰아 나갔다.

독폴로 콜라로 내려가 급경사를 오를 때 말의 진가를 톡톡히 느꼈다. 길이 아무리 가팔라도 말을 타고 가니 숨은 고르고 몸은 날아갈 것 같았다. 걸어서 올랐다면 삼사십 분 헉헉거리며 죽어라고 오를 거리를 오 분 만에 단숨에 올랐으니, 말의 위력은 참으로 대단했다. 그뿐이랴. 똑같은 풍광도, 말 위에서 보니 딴 세상이었다.

삼툭은 무스탕 출신답게 멋지게 말을 몰면서 이겸과 내가 탄 말의 방향과 속도까지 조절하며 이끌었다. 파상은 줄곧 걸어가면서도 무엇이 좋은지 싱글벙글 웃었다. 어쩌다 우리가 탄 말들이 이상한(?) 행동을 보이면 곧바로 신호를 보냈다. 그럴 때마다 '나 잘 했죠?' 라는 표정으로 우리를 쳐다보고 웃었다. 우리가 탄 말 동작 하나하나를 줄곧 살피면서 가는 마부 치링다이도 아이처럼 좋아하는 우리를 보고 잇몸을 드러내고 웃었다.

편안하게 말을 타고 길을 가니 마치 조선 시대의 풍류 한량이라도 된 듯한 기분이었다. 그래도 한참을 가니 말 타기에 익숙하지 않아 엉덩이와 온몸이 뻐근했다. 말에서 내려 잠시 휴식을 취했다. 이겸은 그 잠깐 새를 이용해 촬영하느라고 파상을 데리고 어느 구릉 위로 올라갔다. 옆에 앉아 변함 없이 싱글거리는 치링다이에게 궁금했던 터라 나이를 물어 봤다. 잠시 멈칫거리던 그가 작은 돌멩이 하나를 집어 들어 땅 위에 1자 모양을 내리긋고, 두 손을 쫙 펴서 내게 보였다. 무슨 소리인지 재빨리 알아듣고는 내가 고개를 끄덕이자, 이어 두 개를 더 내리긋고 나서 여덟 손가락을 폈다. 아하, 서른여덟 살! 이어서 지금 사는 것이 행복하냐고 또 물었다. 그는 잠시 생각하는 듯하더니 대답했다.

"부자는 아니지만 그런 대로 행복해요. 무엇보다 빚이 없어서 좋아요. 젊을 적에 포터 일을 많이 해서 목하고 등이 가끔 많이 아픈 것 말고는요."

그는 자식이 모두 넷인데, 그 중 한 명은 좀솜 근처 친척 집에서 공부하고 있다고 했다. 다른 아이들도 공부시키고 싶지만 그럴 돈은 없다고 했다. 소원이 있다면 무엇이냐고 물으니 또 잠시 생각하다가 대답했다.

"겨울엔 여기가 너무 추워요. 겨울 동안만이라도 조금 따뜻한 아랫동네 가서 살고 싶은데, 그러지 못해도, 뭐, 괜찮아요."

카그베니에서 지금 이 곳까지 올 때까지 단 한번도 얼굴 찡그리는 법이 없던 그였다. 내가 창을 좋아한다고 낮밤 없이 창을 권하는가 하면, 늘 잇몸을 드러내고 웃어 주어 우리와 함께 있는 것을 좋아하는 듯이 보였다. 늘 휘파람을 불며 자기 자신보다 말을 더 끔찍이 돌보았다. 그의 '우주'는 단순하지만 문명 세계의 누구보다 못할 것이 하나 없었다. 아니, 훨씬 더 행복해 보이는 그가 오히려 더 낫다 하겠다. 심성 좋은 그이를 보고 있자면 늘 마음이 편하고 즐거운 것은, 그의 행복감이 나에게도 전염된 덕분일 것이다.

삼툭이 길을 재촉해서, 우리는 대화를 멈추었다. 로만탕을 떠난 지 세 시간쯤 되었을 때, 쵸세르 입구에 있는 조그만 초등학교가 나타났다. 운동장에서 놀던 아이들이 우리를 보고 우르르 달려왔다. 1미터 남짓한 담장에 올라서거나 고개만 겨우 내민 녀석들. 행색은 꾀죄죄해도 한결같이 눈동자가 반짝반짝 빛났다. 카메라 앞에서 수줍어하는 그 얼굴과 눈동자엔, 우리가 잃은 것들이 그득 담겨 있었다.

쵸세르 입구 니푸 마을의 초등학교 학생들.

학교 옆을 지나 말굽 형으로 움푹 들어간 검붉은 쵸세르 산협에 들어섰다. 갑자기 큰 불길에 들이댄 듯 얼굴이 후끈했다. 무엇일까, 온몸으로 느껴지는 영묘한 이 기운은. 산골짜기 안에서부터 순식간에 퍼져 오는 듯한 뜨거운 열. 그 열이 내 속으로 들어왔다가 휙 빠져나가는 느낌이었다. 어찔하고 서늘했다.

쵸세로 가는 길목의 어느 여염집의 한 가족이 이방인인 우리를 구경하고 있다. 눈빛과 웃음이 마냥 순박했다.

마을 처녀들. 카메라를 들이대자 부끄러워했다. 그들의 수줍은 표정에서 우리가 잃어버린 모습을 보았다.

산협 입구에 있는 남돌 곰파에서 스님이 한 분 오셨다. 삼툭과 잘 아는 사이인 투텐 스님이었다. 산협에 뚫려 있는 많은 동굴 중, 여행객이 들어갈 수 있는 곳을 안내하고 동굴 관리도 겸하여 하는 젊은 스님이었다. 그 스님이 안내한 어느 동굴의 입구로 몸을 쪼그리고 기다시피 하여 간신히 들어갔다.

절벽에 뚫은 동굴

오랜 옛날, 무스탕에 정착하려는 사람들은 먼저 추위와 바람과 싸워야 했을 것이다. 한 해 내내 부는 강한 바람. 겨울이면 영하 30도, 40도까지 내려가는 추위. 별다른 월동 수단이 없었던 그들은 절벽에 굴을 파고 들어가 거처로 삼았을 것이다. 살려는 인간의 생존 본능은 그렇게 억척스럽고도 대단했다. 절벽에 굴을 파서라도 살아남고 또 후손을 퍼뜨려 오늘에까지 왔으니 말이다. 쵸세르에는 그렇게 해서 만들어진 굴이 그대로 남아 있었다.

동굴 안은 놀랄 만큼 짜임새가 훌륭했다. 컴컴한 내부는 마치 개미굴을 땅 위에 만들어 놓은 것 같은 구조였다. 조그만 아이 키밖에 안 되는 여러 개 공간들이 개미굴이 그렇듯이 2층, 3층으로 이어져 있었다. 층과 층 사이는 짧은 사다리를 이용해 오르내리게 되어 있었다. 천장과 벽은 연기에 그을렸는지 까맣게 반들거렸다. 사방으로 이어진 미로 같은 내부에 스무 개 남짓한 방이 있다고 스님이 일러 주었다. 방

절벽 곳곳에 동굴을 뚫은 쵸세르 산협. 투텐 스님이 동굴 관람 입장권을 들어 보이고 있다.

이라고 해서 문이 있는 것은 아니고 용도에 따라 크기를 구별한 정도이며, 위로 올라갈수록 작아졌다. 대여섯 개만 돌아보았지만 그것만으로도 대체 어떻게 그런 정교한 구조를 만들어 냈을까 싶어 말문이 막혔다. 그만큼 굴 안의 방들은 치밀한 계산에 따라 만들어져 있었다.

동굴 안의 삼툭 라마. 동굴 내부는 의외로 정교한 구조를 갖고 있다.

더 깊이 들어가려 했으나 스님이 막았다. 내부 구조를 모르고 들어갔다가는 굴 안에서 길을 잃는다는 것이었다. 더러 스님 말을 듣지 않고 혼자 들어간 여행객이 되돌아나오는 길을 찾지 못해 아우성을 치는 경우도 있다니, 굴 안은 어지간히 실타래처럼 얽혀 있는 모양이었다.

어두운 굴 안은 군데군데 밖으로 뚫린 크고 작은 구멍으로 햇빛을 받아들이고 있었다. 구멍이 곧 창이었다. 그 가운데 어느 창 앞에 가부좌를 틀고 앉았다. 창 하나로 안은 원시, 밖은 문명이었다. 나의 내부는 '어둠'이고 밖은 '광명'인 것처럼. 그렇게 앉아 있으려니 '줄탁동시啐啄同時'란 말이 떠올랐다. 병아리가 알을 깨고 나오려면 먼저 안에서 딱딱한 껍질을 쪼고, 동시에 어미 닭이 밖에서 알을 함께 쪼아 알을 깨고 나오는 것을 돕듯, 깨달음을 얻으려면 스스로도 힘써 공부해야 하거니와 더불어 스승이 그를 적절한 도움으로 이끌어 주어야 한다는 것이다. 나는 아직 알을 깨고 나오지 못한 병아리다. 종소리를 듣고도 그 소리 찾아 헤매고 있는 아둔패기이다. '창' 앞에서 '밖'을 보며, 껍질 안에 갇혀 있는 나를 답답해하며 뜨거운 숨을 내쉬었다.

촬영하는 이겸을 남겨 두고 나는 먼저 굴 밖으로 나왔다. 오가는 이 아무도 없었다. 뜨거운 햇살, 더욱 달아오르는 산협의 기운, 느낄수록 묘한 공간이었다. 누군가, 어미 닭이 알을 쪼듯이, 거대한 종을 울려 그 진동을 내게 보내는 것 같았다. 가슴 속으로 수십 수백의 파문이 전해 왔다. 길은 있다, 다만 내가 가지 못했을 뿐. 수많은 밤을 달려 그 입구를 찾아야 한다 싶었다. 그리고 두드리고 또 두드려 주는 문을 열어, 동트는 새벽을 새롭게 마주해야 한다고 생각했다.

산협을 가로지른 곳에 위치한 남돌Namdol 곰파. 500년 역사의 절이 산벼랑 중턱에 아슬아슬 기대어 있고 그 아래 대여섯 가구 집들이 엎드려 있었다. 무시무시하게 짖어 대는 개 옆을 지나 가파른 계단 위의 절 안으로 들어갔다. 오래 된 시간이 묵직하게 담겨 있는 어두컴컴한 절. 자그마한 불상 앞에 촛불이 켜지자 삼툭이

로만탕 야경.

먼저 바닥에 엎드려 절을 했다. 이어 이겸과 파상도 삼배를 올렸다. 나 역시 삼배를 했다. 종교를 넘어, 경건함이 온몸에 깃들었다. 마음이 차분하게 가라앉았다. 바람 소리도 들리지 않는 고요한 공간에서, 때묻은 마음을 씻어 내며, 혹 들려올지 모를 '어미 닭'의 음성에 온 귀를 열었다.

삼특의 독경, 밤하늘에 퍼지고

법당 안 서가에 수북이 쌓인 티베트 경전 중 가장 오래 된 것을 스님이 보여 주었다. 그대로 켜켜이 쌓인 구도의 시간인 저 경전은 어떤 가르침을 담고 있을까. 어두운 실내에서 플래시도 없이 촬영하느라 시간이 많이 지체되었다. 해가 산을 넘어갈 무렵에야 쵸세르를 떠났다. 떠나가는데 산협이 자꾸 나를 당기는 것 같았다. 언젠가 꼭 다시 와 보리라 다짐하며 여러 번 뒤돌아보았다.

길 떠난 지 얼마 되지 않아 금세 날이 저물었지만 배부른 반달이 길을 밝혀 주었다. 달빛 고원의 길은 한마디로 '몽유경夢遊境'이었다. 게다가 우리는 마상에 올라 있었으니 더욱 황홀한 기분이었다. 둥글둥글한 산들은 달빛 받아 금관을 쓴 듯했고, 달빛 속의 풍경에 흥취가 돋은 우리는 영락없이 '몽계夢界'의 '몽인夢人'이었다. 말 타면 경마 잡히고 싶다더니, 이럴 때 탁배기 한 잔 걸치면 얼마나 더 좋을까 하는 생각이 솔솔 일었다. 앞장선 이겸을 꼬드겼다. 그러나 과연 술 마실 곳이 있을까 싶었다. 그 때 마침, 뒤따르던 삼툭의 말이 내 옆으로 다가왔다. 가는 길에 술 마실 곳이 딱 한 곳이 있기는 있다고 했다. 갈 길 때문에 시계를 자꾸 보는 그를 억지로 끌어 길가의 조그맣고 컴컴한 집 안으로 들어섰다. 무쇠 난로 가에 앉아 있는 현지인 서넛 사이에 어울려 따끈하게 데운 창을 두세 잔씩 마셨다. 늦은 밤길이라, 그 정도로 끝내고 다시 말에 올랐다. 구름을 타고 가는 기분이었다.

길을 가는데 무슨 소리가 들렸다. 한때 승려였던 삼툭이 경을 외는 소리였다. 굵은 저음에 리드미컬한 가락을 타고 밤하늘에 울려 퍼지는 그의 경 외는 소리가 경건하고 신비롭게 들렸다. 밤길을 가는 우리 모두의 안위를 위한 것이지 싶었다. 덕분에 어두운 밤길이 환히 열리는 듯했다.

뒤슴상게 구르린포체 므튭퀸담 데와친비샵(귀신, 잡귀를 만나지 않게 해 주시고),

바르체퀸실 뒤들락퓨쌀 소르와뎁소 진기랍두슬(부처님께서 지금 가는 길을 안전하게 보호해 주시기를 바라며),

치넝상위 바르체시와당 삼바휜기 두바르진기록(마음 약한 내가 용기를 가질 수 있도록 해 주십시오).

삼툭은 계속해서 경을 읊었다. 얼마 뒤, 삼툭이 우리에게 시계를 보여 주고 나서 파상과 치링다이에게 무어라 얘기하니 두 사람은 갑자기 우리 말고삐를 잡고 뛰었다. 밤 9시도 넘은, 너무 늦은 시각이라 그런 것이었다. 달리면서도 삼툭은 계속 경을 외웠고 우리는 말 잔등에 다리를 있는 힘껏 붙이고 삼툭의 뒤를 따랐다. 얼마나 달렸을까, 한 무더기 별들이 내려와 앉은 것 같은 로만탕의 불빛들이 점점 가까워

왔다. 눈부시게 아름다운 그 광경은 도무지 현실감이 들지 않았다.

늦은 밤에 무사히 삼툭의 형, 우겐다이의 집에 도착했다. 키 크고 퉁퉁한 몸집의 사람 좋게 생긴 삼툭의 형과 굵고 괄괄한 목소리의 형수가 우리를 반갑게 맞이했다. 스태프들은 그 날 밤을 위해 미리 주문해 놓은 양도 한 마리 잡아 풍성한 저녁을 준비해 놓고 우리를 기다렸다. 여행객들이 로만탕에 도착하면 그 기념으로 양을 잡는 전통이 있다는 삼툭의 말에 따라 그렇게 했던 것이다.

우리 일행 모두와 삼툭의 식구들이 함께 모여 식사 분위기는 잔치마냥 떠들썩했다. 삼툭의 형이 우리를 위해 한 마리 더 무상으로 잡았다는 양고기까지 오른 식탁은 차고 넘쳤다. 창 주전자도 연거푸 비워졌다. 특히 오랜만에 고향 집에 온 삼툭은 웃음 가득한 얼굴로 그의 형과 우리에게 쉴새없이 술을 따르고 잔을 받았다. 즐거운 술자리에 춤과 노래가 곁들여졌다. 스태프들이 먼저 돌아가며 노래를 부르고 춤을 추었다. 술을 몹시 자제하던 아카바드도 꽤 붉어진 얼굴로 허리와 손을 돌려 가며 춤추며 노래했다. 뒤로 빼던 파상도 수줍은 얼굴로 노래를 불렀고, 구멍 숭숭 뚫린 셔츠를 유니폼처럼 입고 다니는 꺼멀다이도, 말수 적은 고딸다이도, 남걀 윗마을 자기 집에서 창을 가져온 치링다이도 다들 흥에 겨워 노래했다. 삼툭의 형, 우겐다이는 걸쭉한 너털웃음으로 노래를 대신했고, 한껏 취한 삼툭에 이어 이겸도 나도 기분 좋게 한 곡조씩 뽑았다. 언어는 다르지만 서로 어울렁 더울렁 무스탕의 밤을 즐겁게 노래했다. 커다란 꽃으로 피어난, 모두가 즐겁게 '하나'가 된 밤이었다. U2의 노래 가사처럼 그 밤 우리는 하나의 사랑, 하나의 삶을 함께 나누었고, 서로 같지는 않지만 우리는 하나였다.

남갈 곰파 옥상에서 바라본 로만탕 북동쪽 일대. 오른쪽에 모두 열두 채뿐인 남갈의 집들이 옹크리고 있다.
삼각 모양으로 솟은 산 너머로 계속 가면 티베트다.

신神의 날

다음 날, 다이닝룸에서 깨어 보니 부지런한 이겸은 파상을 데리고 어디론가 촬영을 나간 뒤였다. 어디로들 갔는지 스태프들도 보이지 않았다. 혼자 집을 나섰다. 강한 햇살이 두드리듯 내리쬐었다.

단층집 하나뿐인 초등학교와 여염집 열두 채로 이루어진 남걀Namgyal 마을. 나무 몇 그루 없이 먼지 날리는 마을은 로만탕과 달리 바싹 마른 낙엽처럼 푸석한 느낌이었고, 골목은 텅텅 비어 있었다. 모두 떠난 마을에 나 혼자 남은 것만 같았다. 어슬렁 어슬렁, 골목길 끝의 공동 물가로 가 대충 고양이 세수를 한 나는 룽다 나부끼는 언덕을 헉헉거리며 올라갔다. 그리 높지 않은 구릉이었지만 전날 하루 말을 타고 다닌 몸이 남아 있는 술기운과 함께 삐거덕거렸다. 몇 걸음 못 가 가슴에 손을 대고 숨을 헐떡이다 다시 무거운 걸음을 떼기를 여러 번. 그럴 때는 주변 경치는 돌아볼 엄두도 못 내고 그저 발끝만 보고 걸을 뿐이다. 가까스로 세찬 바람을 안고 있는 룽다 옆에 섰다.

그 곳에서 만난 남걀의 아침 풍광. 다시 숨이 막힐 듯했다. 왈칵 눈물이라도 나올 것 같았다. 광막한 대지. 구름 사이로 부챗살 모양의 햇살을 내리쏟는 하늘. 은탑銀塔으로 빛나는 설산의 히말라야. 묵직한 기세로 고원을 내달리는 산들과 협곡. 아침 기도를 올리는 듯한 남걀 사원. 꾸밈도 갈등도 대립도 없는 무위無爲의 세상이었다. 언덕을 정점으로 사방을 둘러 출렁이는 대자연은 가히 '신의 전당'이라 할 만큼 성스러운 기운이 넘실거렸다. 그것은 측량할 수 없이 큰 한 폭의 만다라였고, 거대한 성화였다. 막스 부르흐의 "신의 날"이 그 광활한 공간에 퍼져 나가는 듯했다. 깊고 묵직하게 대지에 깔리는 콘트라베이스의 중저음, 현란한 음으로 하늘로 오르는 파이프 오르간의 선율, 그 영묘한 음들이 남걀의 아침빛을 타고 퍼져 나갔다. 내 영혼을 휘감는 그 음률에 따라 나도 순한 물결로 출렁였다.

그 아침, 내 마음은 신을 맞아들인 듯 평화로웠다. 나는 만다라 속의 한 점이 되어 마냥 평화로웠고, 마음은 온전한 휴식을 누렸다. 내게 영원히 남아 있을, 다시 만나기 힘든 '신의 날'이었다.

자연스럽고 거룩한 평화 속에서 쉬자.
무한하게 지속되는 윤회의 바다에서
철썩철썩 출렁이는 파도의 한없는 분노 같은 카르마와
신경질적인 생각들에 한없이 두드려 맞아 이 지친 마음을

노술 켄쯔

뻬 야뿌드, 뻬 심뿌드

아침 나절이 다 지나가서야 이겸과 파상이 돌아왔다. 멋진 경관을 카메라에 담았는지 이겸의 얼굴도 꽤나 상기되어 보였다.

이 날은 높은 산 위에 있는 야크 방목 터에 가기로 일정이 잡혀 있었다. 한두 마리 혹은 여남은 마리가 열 지어 짐을 싣고 가는 모습은 전에도 여러 번 본 적 있지만 수백 마리 야크 떼를 보게 되는 것은 처음이라 상상만 해도 흥분이 되었다.

소과 동물인 야크는 참 멋지게 생겼다. 티베트와 중앙아시아의, 해발 3,000미터 이상의 고원 지대에서 살고 있는 그들은 대단히 큰 몸집이 땅에 닿을 만큼 길고 검

어미 야크와 새끼.

은 털로 뒤덮여 있고 날카로운 두 가닥 뿔이 있어 첫 눈에 무섭게 보인다. 그러나 소 특유의 순하디순한 눈을 갖고 있는 양순한 동물이다. 야크는 이 곳 고산 지대 사람들에게는 아주 소중한 동물이다. 야크의 젖은 차(茶)나 치즈, 버터를 만들어 먹는 필수 영양원이기도 하려니와, 짐을 나르는 데에도 긴요하게 쓰이기 때문이다. 다 자란 야크는 티베트 등지로 가 현금을 받고 팔거나 다른 생활 필수품과 맞바꾸거나 한다. 그래서 야크는 고산 지대 사람들에게는 부의 상징이기도 하다.

야크 방목 터가 있는 락퉁 도반Lhaktung Dovan 지역을 왕복할 때도 말을 타고 이동했다. 전날과 달리 가파른 길이 계속 이어졌지만 말은 엉덩이를 씰룩거리며 잘도 올라갔다. 경사 길을 오르는 말은 지독히도 방귀를 뀌어 댔다. 큰 소리로 기관포처럼 뀌곤 했다. 길은 계속해서 북쪽 산악 지대로 이어졌다. 메밀을 비롯한 여러 밭 작물들이 넘실거리는 '염원의 평원'은 한낮의 열기로 생긴 수증기를 뿜어 올렸다. 평원 너머에는 검붉은 갑옷을 입고 열병해 있는 듯한 산들이 남북으로 뻗어 나갔다.

커다란 목방울을 덩그렁, 덩그렁 울리는 말을 타고 팅가르Thinggar(해발

4,223m) 마을에 들어섰다. 마을 입구, 굵은 뿌리를 제 마음대로 뒤틀어 뻗은 보리수나무 주위로 여행객이 오랜 만인 듯 마을 사람들이 웅성웅성 모여 우리를 반겼다. 이 마을에 치링다이의 집이 있었다. 자기 집에 꼭 들러 달라고 몇 번이나 말하는 치링다이의 식구들과 마상에서 가볍게 인사하고 돌아오는 길에 들를 것을 약속했다. 작은 시내에 불과한 키말링 콜라Kimaling Khola를 건너 돌투성이 길을 계속 올라갔다. 말들은 뒤에도 눈이 달렸는지 뒷발까지도 길 위의 돌맹이를 요리조리 잘도 피하며 걸었다. 급경사 길이 계속되자 말들도 힘이 드는지 수시로 멈춰 섰다. 넘어가면 또 산이요 다시 산길이었다. 신기한 것은, 이 곳의 산들은 다른 산과 달리 풀이 자라고 있다는 사실이었다. 해발 고도를 볼 때 식물 한계선을 훌쩍 넘긴 지대이건만 산에는 잔디를 깔아 놓은 듯 풀이 무성하게 자라고 있었다. 말을 너무 혹사시키는 듯해 우리는 어느 산마루에서 말에서 내려 풀밭 길을 걸어 올라갔다.

해발 4,300미터에 위치한 야크 방목 터, 레무치Lhemoochi('큰 우리'라는 뜻). 광활한 녹색 초지에 백여 마리 야크 떼가 어디론가 이동하는 모습은 한 마디로 장관이었다. 거대한 녹색 캔버스 위에 누군가 붓을 들어 굵고 커다란 검은 점들을 뚝뚝 찍어 가고 있는 듯한 광경이었다. 무스탕이 아니면 볼 수 없는 또 하나의 이색적인 풍경이었다. 야크 떼를 감탄하며 구경하고 있는데, 삼툭이 걱정스레 말했다.

"우리가 너무 늦게 왔나 봅니다. 야크 떼가 계곡으로 내려가는 것 같습니다. 촬영하기 힘들겠는데요."

야크를 방목하는 이들은 대략 12시가 넘으면 물을 먹이려고 야크를 몰고 계곡으로 내려간다고 했다. 그렇다면, 낭패였다. 우리가 이 곳으로 온 중요한 이유는 야크 떼를 사진 찍는 것이기 때문이었다. 생각하다 못해, 사례를 하고 야크의 이동을 잠시 멈춰 달라고 부탁해 보자고 말했다. 말이 떨어지기 무섭게, 삼툭이 약 이삼백 미터 떨어져 있는 야크 몰이꾼에게 큰소리로 말했다. 상대방이 거리가 멀어 알아듣지 못하자 소리를 쳐 가며 뛰어가기 시작했다. 파상도 같이 달려갔다. 해발 4,300미터 지대에서, 우리는 걷기도 힘든데 두 사람은 말처럼 달려갔다. 놀랍고 대단해 보였다. 산비탈에서 말을 돌보던 치링다이도 그들을 뒤쫓았다. 삼툭이 야크 몰이꾼에게 다가가 말하기 전인데, 파상과 치링다이는 벌써부터 두 팔을 휘휘 저으며 일단 야크를 가로막았다. 작은 체구의 파상과 치링다이가 엄청나게 커다란 야크 떼를 아예 돌려 세우는 동안 방목 터 끝에 있는 움막까지 간 삼툭은 누군가와 얘기를 한 뒤 우리를 보고 오라는 손짓을 보내왔다. 협상이 잘 된 모양이었다.

우리가 움막 쪽으로 가는 사이 야크 떼는 서서히 큰 원을 그리며 유턴을 했다. 재빨리 파상과 합류한 이겸은 야크 떼와 함께 이리저리 몰려 다니며 셔터를 눌렀다.

레무치에는 괄괄한 목소리의 티미 할머니와 할머니 여동생의 딸 유튼과 그녀의 남편이 야크를 키우며 살고 있었다. 움막 두 개가 그들의 임시 거처였다. 유튼의 남편은 마을로 일보러 가서 며칠 째 돌아오지 않고 있어서 두 여자가 그 많은 야크 떼를 돌보고 있었다. 그 곳 여자들의 억척스러움에 혀를 내둘렀다.

사실 티베트계 여자들은 대단히 억세다. 집안일은 거의 모두 여자들의 몫이니 억척일 수밖에 없다. 새벽에 일어나 화덕의 불씨를 살리고, 음식 만들고, 애 돌보고, 청소, 빨래, 밭일에 야크 몰이까지 하며 쉴 틈 없이 하루를 보낸다. 그런 억척스러움이 몸에 뱄는지 그 두 여인네들은 고된 일에 아랑곳없이 표정이 밝았다.

예외 없이 티베트 전통 복색을 한 무스탕 여자들은 검고 긴 치마 위에 자기들이 손수 짠 '마틸'이라는 체크무늬 앞치마를 두른다. 허리까지 닿는 긴 머리칼은 한 줄로

곱게 땋아 내리고 귀걸이와 목걸이를 치렁치렁 매단다. 누구나 똑같은 모습이다. 다만 귀에 달린 장식은 빈부에 따라 큰 차이를 보이는데 부유한 이들은 굉장히 비싼 티베트 원석을 목에 걸고 다닌다. 티미 할머니도 색색의 원석을 목에 감았는데 비록 움막에 잠시 살고 있지만 팅가르 마을에 큰 집이 있는 부자 할머니였다.

움막 앞에서 삼툭과 함께 야크 촬영을 허락해 줘 고맙다는 얘기를 할 때였다. 움막 위 산마루에서 수십 마리의 야크가 뛰어 내려오는 것이었다. 곧이어 와, 와 소리를 지르며 파상과 치링다이가 파란 하늘을 배경으로 두 팔을 휘저으며 불쑥 달려

나왔다. 알고 보니 이겸이 촬영을 위해 두 사람에게 야크 몰이를 부탁했던 것이다. 그래도 그렇지, 자기들 보다 두세 배나 몸집이 큰 수십 마리 야크를 일부러 구릉 너머로 몰고 간 후 강아지 몰 듯 다시 넘어오다니. 그들은 개구쟁이 아이처럼 싱글벙글하며 경중거렸다. 영문을 알 턱없는 야크들도 커다란 목 방울을 덜렁 덜렁 울리며 덩달아 뛰어다녔다.

레무치에 있는 야크 방목터의 움막 안.

얼마 동안 그렇게 뛰어다니며 촬영을 마친 이겸이 거친 숨을 몰아쉬며 휘청거리는 다리로 돌아왔다. 티미 할머니는 외지인이

반가운지 우리를 움막 안으로 초대하여 차를 준비했다. 두 평쯤 되는 땅을 움푹 파고 그 위에 얼기설기 삼각 구조를 이룬 텐트 형 움막이었다. 곡식 자루, 냄비, 주전자, 물동이, 컵 서너 개. 최소한의 살림 도구만 갖춘 움막 안은 비좁지만 고향집에

온 듯 훈훈했다. 흙으로 빚은 깜찍한 화덕 주위로 여섯 명이 옹기종기 붙어 앉았다.

화덕의 연료는 물론 야크 똥이었다. 이 곳에서 야크 똥은 금보다 더 귀한 존재다. 무스탕에는 땔감으로 쓸 나무가 거의 없어 야크 똥 없이는 음식도 할 수 없고 난방도 할 수 없을 정도로 연료가 귀하기 때문이다. (움막 옆에는 아직 덜 마른 야크 똥을 쌓아 둔 무더기가 '금탑' 처럼 우뚝 서 있다.)

할머니가 화덕 위에서 보글보글 끓는 물로 야크 젖으로 만든 버터 짜(차)를 만들어 내놓았다. "소짜시예(차 드십시오), 소짜시예." 이 말을 거듭하며 조금만 마셔도 차를 부어 잔을 채워 주었다. 술이나 차를 마실 때, 주인은 잔이 조금만 비어도 계속 따라 주어 잔을 채우고 손님은 연거푸 마셔야 한다. 그것이 그들의 식습관이자 주객 간의 예의이기도 하다. 배가 터지도록(?) 차를 마신 우리가 손사래를 심하게 칠 때에야 할머니가 주전자를 화덕 위에 내려놓았다. 우리도 준비해 간 도시락을 펼쳐 음식을 내놓았다. 야크를 몰던 유튼도 움막 안으로 들어왔다. 곱상하게 생긴 그녀는 옷차림만 다를 뿐, 생김생김이나 길게 땋은 머리가 옛날 우리네 여인들과 무척이나 흡사했다.

티미 할머니가 삶은 달걀을 실을 이용해 쪼개고 있다.

우리가 가져간 음식 중 삶은 달걀을 본 할머니가 반색을 하며 집어 들었다. 조심조심 껍질을 벗긴 할머니가 달걀 위에 실을 대고 힘을 주니 정확하게 반으로 쪼개졌다. 반쪽을 조카에게 주고, 주름지고 검게 그을은 얼굴에 어린애 같은 웃음을 띠며 나머지 달걀 반쪽을 참 맛있게도 먹었다. 달걀을 먹는 중에도 할머니는 우리 잔에 또 차를 부었다. "소짜시예, 소짜시예…."

해발 4,300미터의 고산 지대에 있는 야크 방목터에서 마부 치링다이가 무심히 야크를 바라보고 있다.

찻잔을 들고 움막 밖으로 나갔다. 녹색 보자기를 펼쳐 놓은 듯한 초원. 야크들은 순한 눈을 끔뻑끔뻑 뜨고 한가하게 풀을 뜯고 있고 움막을 빠져 나온 연기는 평화로운 분위기를 하늘로 띄워 올렸다. 그것들 그대로 아름다운 그림이었다. 바람결에 서서 차 한 모금을 넘겼다. 지순한 고원의 하오가 아름답게, 맛나게 초원에 풀어져 있었다.

삐 야뿌드(참 아름답다)!
삐 심뿌드(참 맛있다)!

통곡

다시 들르라는 티미 할머니의 배웅을 받고 레무치에서 내려오는 길에, 산 중턱을 베고 누워 하늘을 보았다. 만 가지 형상의 구름이 잉크 퍼지듯 피어올랐다. 어릴 적, 동무들과 함께 구름을 올려다보며 "저건 말이다." "아니다, 용이다" 하며 우기던 장면이 떠올라 슬며시 웃음이 났다. 평화로운 한때였다.

조금 있으려니 구름이 모양을 바꾸었다. 눈을 가늘게 뜨고 자세히 살펴보니, 돌아가신 어머니 얼굴이 보였다. 내 마음이 그렇게 만들어 낸 것일는지 모르지만, 구름은 분명 어머니 얼굴을 그리고 있었다. 울컥 울음이 솟았다. 사람들이 곁에 있는데도 그만 참지 못하고 소리 내어 울었다. 억누를 수 없는 슬픔에 무릎에 얼굴을 파묻고 서럽게 울었다. 여덟 달 전, 갑작스러운 어머니의 임종으로 나는 세상이 끝난 듯했다. 곧 일어나실 줄 알았는데 어머니는 병석에 누운 지 넉 달 만에 내 곁을 영원히 떠나셨다. 쓰러지기 전에 어느 날 불쑥 "너랑 여행 한 번 가고 싶구나" 하시던 말씀이 벼락처럼 가슴에 꽂혔다. 그 소원 하나 들어 드리지 못한 채 어머니를 떠나보냈다. 온갖 후회로 가슴이 시렸다.

어린 시절 어머니가 힘들어하실 때마다 뒷산에 올라 구름을 올려다보며 서러워하던 꼬마가 이제 중년이 되어 먼 이국 하늘 아래서 희끗한 머리카락을 날리며 그렇게 막무가내로 울었다.

한송이 꽃인가 하고 다가서면
차라리
한그루 나무
한그루 나무인가 하고 다가서면
차라리
한덩이 바위
한덩이 바위인가 하고 우러르면
듬직한 산이셨습니다

그러나
어머니는
꽝꽝 언 대지 안에

사람을 품고 키우는

겨울뿌리

얼음 속에서도 얼지 않는

생명이셨습니다

달빛 받는

외짝 신발처럼

홀로 울음을 가누는

고독한 성자聖者

눈물과

땀과

피

남김없이 흘리시고

그 마지막 죽음까지 뿌리에게 주는

한 잎 가벼운 낙엽이셨습니다

완전한 봉헌이셨습니다

신달자, '나의 어머니'

　　내가 울음을 그치기를 기다려 우리 일행은 다시 길을 걷기 시작했다. 이겸이 나를 도탑게 위로했다. 스태프들에게 놀라게 해서 미안하다고 말하고는, 일행의 맨 뒤에서 흐느적흐느적 걸음을 옮겼다. 내리막 경사길이라 말에서 내려 걸었다. 걸어

가는 발길에 채인 돌멩이가 먼지를 일으키며 비탈을 굴러 내려갔다. 유정한 구름은 여전히 갖은 형상으로 피어나고 또 스러져 갔다.

삶의 유한함은 누구에게서든 예외가 없거늘, 사랑하는 사람의 죽음은 번번이 애를 끊는 슬픔이다. 인간의 궁극을 파헤치려는 철학과 예술도 죽음의 벽 앞에서는 절망이다. 그래서 더욱, 그 유한함 안에서, 삶의 본질을 밝히려고 치열해지는지도 모르겠다. 죽음에 대한 반란, 또는 죽음으로부터의 자유로써 죽음을 넘어서려는 것이다. 인간의 유한함. 내 어머니의 죽음은 곧 나의 죽음이고 모든 인간의 죽음이다. 그 죽음에 대한 슬픔을, 모든 살아 있는 것들에 대한 사랑과 연민으로 환치함으로써, 슬픔에서, 죽음에서 자유로워질 수 있으리라. 그것이 남아 있는 시간 동안 내 안의 인간을 완성해 나가는 길일지도 모르겠다.

창의 하루

해가 꽤 기울어서 치링다이의 집에 도착했다. 그의 식구들과 반갑게 인사를 나누고, 치링다이와 꼭 닮은 형과 아버지를 따라 자그마한 집의 2층 다이닝룸으로 들어갔다. 그의 형수가 환한 얼굴로 우리를 맞이했다.

자리에 앉자마자 치링다이가 자기 집에서 만든 창은 무스탕 최고의 맛이라고 자랑하며 부어 주었다. 차고 맛있는 술이 입에 짝 달라붙었다. 치링다이의 형수도 부산하게 안줏거리를 장만해 내놓더니 우리 잔에 술을 따라 주었다. 치링다이의 형수는 그의 부인이기도 했다. 그녀는 치링다이와 그의 형이 공동으로 취하고 있는 부인이었다. 티베트 습속대로 일처다부제를 따르고 있는 것이었다. 조상 대대로 이어온 전통이기에 이상할 것도 없고 존중할 따름이라고 생각은 하면서도, 나도 모르게 호기심어린 눈으로 그들 사이를 자꾸 훔쳐보곤 했다. 그것을 아는지 모르는지 그들은 우리 술잔에 연신 버터를 발라 주고 술을 따라 주며 우리를 정성껏 대접하기에 여념이 없었다.

기분 좋게 술잔을 비우며 바라본 창 밖에서는 메밀꽃과 유채꽃 지천인 들판과 구름하늘이 몽환적인 한 폭의 그림을 그려 내고 있었다.

얼마쯤 있으려니 삼툭이 그 마을에 장인 집이 있다며 함께 가자고 했다. 우리는 치링다이의 식구들에게 깊이 고마움을 표시하고 자리를 옮겼다. 치링다이는 자기 집에서 자고 다음날 삼툭의 형 집에서 합류하기로 했고, 파상은 친구들을 만난다고 남걀 마을 입구에서 우리와 헤어졌다. 우리의 마상 주유는 아쉽게도 치링다이의 마을에서 끝이 났다. 말들이 그 곳 초지에서 풀을 뜯어먹으며 쉬어야 했기 때문이었다.

삼툭 장인의 집은 치링다이의 집보다 훨씬 컸다. 2층 다이닝룸은 여느 집과는 달리 바깥 쪽 벽 두 면에 큰 창을 내서 실내가 아주 환하고 깨끗했다. 학자풍으로 젊잖게 생긴 삼툭의 장인은 마을의 대소사를 관장하는 사제에 준하는 신분이었다. 그 집에서도 객들에게 마른 먹거리와 함께 창을 내놓았다. 이렇게 낮술을 꺼리지 않는 것을 보면, 무스탕 사람들도 술을 어지간히 좋아하는 모양이었다. 아닌 게 아니라, 무스탕 남자들은 대체로 술이 센 편이어서 낮 시간부터 시작한 술자리가 밤새도록 이어지기도 한다고 했다. 다들 즐겁게 창을 돌리는데, 이겸만은 가쁜 숨을 쉬며 힘이 들어했다. 해발 4,000미터에서 마시는 낮술은 대단한 체력과 적응력이 필요하기 때문이었다. 오랜 만에 고향에 온 때문인지 특히나 즐거워하는 삼툭은 이번에는 그의 여동생 집으로 가자고 우리를 다시 끌었다.

해가 제법 기울었지만 고원은 열기로 너울거렸다. 술기운 섞인 눈으로 바라보니 눈 앞의 산과 들이 거대한 잔 안에서 출렁이는 물결로 보였다. 내가 탄 철선이 그 물결을 타고 두둥실 떠내려갔다. 그 물결을 타고 슬픔도, 삶도 죽음도, 인간도 모두 잊고 싶었다.

마을 서쪽 끝은 계곡을 향해 직각을 이룬 벼랑인데 그 사면이 한 번 층을 이루는 중턱에 작은 길이 나 있었다. 우리는 그 길 가운데로 절묘하게 끌어 댄 좁은 수로 둔덕을 삐뚤빼뚤 걸어 마을에서 뚝 떨어진 외딴집에 도착했다.

삼툭의 여동생 집은, 바로 옆에 계곡을 끼고서 커다란 버드나무 아래 들어앉아 있었다. 그림 속 같은 정경이었다. 집 뒤에 바로 붙은 헛간은 유채 기름을 짜는 작은 공장이었다. 구수한 냄새, 기계 소리로 가득한 공장 안에서는 젊은 남녀 서너 명이 바쁘게 움직이고 있었다. 자세히 들여다보니 수로의 물이 헛간 안의 물레방아를 돌리고 그 힘으로 생긴 전기로 기계를 움직이며 기름을 짜내고 있었다.

곱게 생긴 삼툭의 여동생이 우리를 보고 일손을 멈추더니 반갑게 맞아 주었다. "타시델렉," 서로 인사하고 집 안으로 들어간 우리는 작고 소담한 소똥 화덕 옆에 자리를 잡았다. 벽에 작은 창문 하나밖에 없어 실내는 어두컴컴했지만 큰 집들보다 훨씬 아늑했다. 그 여동생은 부랴부랴 화덕 위에 스쿠티(바짝 말린 고기)를 얹어 놓고는 창을 내왔다. 버터를 발라준 잔으로 오늘의 '3차' 술자리가 시작되었다. 밖에서 들려오는 계곡 물소리와 화덕의 불꽃과 연기. 옛날 우리네 산골이 연상되는 작

로만탕 하늘의 쌍무지개.

은 집. 주홍이 한껏 돋았다.

중간에 바람도 쐴 겸 술도 깰 겸해서 마당으로 잠시 나갔다. 때마침 젊은이들이 일을 마치고 집으로 돌아가는 중이었다. 그들은 하나같이 말을 타고 계곡을 건넜다. 한 남자가 먼저 멋들어지게 말에 오르더니 물보라를 만들며 계곡을 질풍처럼 건넜다. 이어서 젊은 여자가 말 궁둥이에 채찍질을 하며 거친 물살을 헤쳐 나갔다. 마지막엔 여자 한 명을 뒤에 태운 남자가 호이, 호이 고함을 치며 계곡을 가로질렀

다. 자연스러움과 야성미 넘치는 그들의 아름다운 움직임을 부러운 눈길로 한참 바라보았다.

이겸이 삼툭의 여동생을 데리고 나와 카메라 앞에 세웠다. 벽에 기대어 수줍어하는 모습이 꼭 옛날 우리의 누이 '순이' 얼굴이었다. 다시 집 안으로 들어가 두어 주전자 창을 비우고 나서야, "테리 베토울라(다시 만나요)" 하며 작별 인사를 하고 그 집을 나섰다.

벼랑 아래 길을 아까보다도 더 삐뚤거리는 걸음으로 거슬러 올라갔다. 벼랑 위에서는 그 동안 여간해서는 볼 수 없던 젊은 라마승 몇 명이 우리를 굽어보고 있었다. 그들에게는 우리가 어쩌면 연옥에서 헐떡거리는 중생으로 보일지도 모르겠다는 실없는 생각을 하며 가파른 길을 엎어질 듯 간신히 기어올랐다. 올라와, 아침에 머물렀던 룽다 날리는 구릉에 막 발을 딛자마자 우리는 순간 탄성을 질렀다.

천궁天弓!

구름 가득한 하늘 사이를 열고, 쵸세르와 로만탕 사이의 광야에 쌍무지개가 드리워 있었다. 난생 처음 보는 쌍무지개였다. 그렇게 크고, 아름답고, 감격스러운 무지개도 처음이었다. 천궁, 남은 여정에 행운이 늘 함께하라고 하늘이 띄워 놓은 무지개인 듯했다.

무지개의 다른 이름이라지, 천궁.
뜻밖에 거머쥔 쌍雙 천궁.

칠색七色 시위를 당겨
두 개, 행운의 화살을 쏘아 올린다.

사랑하는 이에게.
사랑을 잃은 이에게.

그 날은 마침 남걀 마을에 사는 가장들이 모이는 일종의 '친목회'가 있는 날이었

다. 밤이 이슥할 즈음 우리는 그 친목회 자리에 불려 갔다. 어느 집이나 똑같은 흙
바닥 다이닝룸은 스무 명 남짓한 남자들 목소리로 떠들썩했다. 쉰 살 전후의 남자
들이 귀마개 달린 전통 털모자에 말 장화를 신고 말쑥한 복장을 갖추고서 술을 마
시며 이야기하고 있었다. 그들은 우리를 ㄷ자 좌석 중앙에 앉히고 연이어 창을 권
했다. 중간 중간, 늙수그레한 사내들 몇이 방 가운데로 나가 짜랑 마을에서 젊은이
들이 배우던 것과 비슷한 춤을 멋지게 추었다. 나머지 사람들은 앉아서 노래를 부
르며 손뼉으로 박자를 맞췄다. 그들 틈에 끼어 우리도 서투른 스텝을 밟았다.

　그 날 밤, 우리는 그들의 노래와 춤이 내는 신명에 겨워, 밤 가는 줄 모르고 '창,
창, 창' 술잔을 부딪쳤다. 창 한 잔에 여독을 풀고, 창 한 잔에 마음을 풀며 보낸, 창
의 하루였다.

들숨, 날숨

　남걀 곰파에 갔다. 560년을 이어 온 유서 깊은 이 절은 본디 이름은 투텐달겔링
곰파Thuttendhargyeling Gompa라고 했다. 높은 구릉 위에서 벌판과 산들을 묵직
하게 바라보고 있는 절은 사면이 모두 건물로 둘러싸인 정방형을 이루고 있었다.
절 문 맞은편에는 법당이 있고, 돌바닥 마당 좌우에 스님들이 사용하는 건물이 있
었다. 하지만 방들은 텅 비어 있었다. (무스탕의 절들은 재정 상태가 좋지 않아 한

달에 약 열흘 동안만 스님들이 찾아와 예불을 올린다. 나머지 기간에는 각자의 집에 가서 농사일이나 기타 집안일을 돕는다.) 상주하는 스님이 없어 굳게 잠긴 법당 문을 순번에 따라 돌아가며 절을 지키는 어느 젊은이가 열어 주었다.

남걀 곰파의 법당 바닥. 수많은 이들이 오체투지를 행하며 빌었을 염원이 들리는 듯하다.

긴 세월이 묻어 있는 법당 안은 정교한 탕카(불화)들과 더불어 선기가 충만했다. 스님들이 절에 기거하고 있었다면 그들의 굵고 낮은 음성의 신비스러운 독경 소리를 들을 수 있었을 텐데, 못내 아쉬웠다. 라마승들이 모여서 외는 독경 소리는 우리 나라 스님들의 소리보다 훨씬 고저장단의 변화가 다채롭고, 뜻을 전혀 몰라도 듣는 이들을 단박에 휘어잡는 독특한 힘을 갖고 있다.

그 절에서 세 살부터 스물여덟 살까지 라마승으로 봉직했던 삼툭 덕분에 이겸은 충분한 시간을 갖고 법당 안을 촬영했다. 그는 탕카나 불상, 경전들보다는 법당 바닥에 더 관심을 보이며 초점을 맞추었다. 아마 오랜 세월 수많은 사람들이 수도 없이 행했을 오체투지로 반들반들해진 바닥에서 종교의 향취를 더 강하게 느낀 모양이었다.

　거칠고 세찬 바람을 버텨 내느라 피로해질 대로 피로해진 무릎과 다리, 추위에 갈라진 손, 헝클어진 머리가 헤일 수 없이 닿았을 그 바닥은 저들의 삶을 받쳐 주는 기둥일는지도 몰랐다. 이 곳 사람들에게는 종교가 곧 삶이고 삶이 곧 종교이다. 그들은 자식 중 한 명, 주로 차남을 기꺼이 라마승으로 출가시켜 집안의 영광으로 삼으며 종교를 삶과 융합시킨다. 그들은 법당 바닥에 오체(두 다리, 두 팔, 머리)로 엎드려, 척박한 땅에서의 고단하기 이를 데 없는 현세의 생 다음에는 반드시 더 나은 존재로 환생되기를 간곡히 서원하기를, 오랜 세월 변함없이 이어 왔을 것이다. 더 나아가 윤회의 고리를 끊고 열반의 세계에서 영원히 안식하기를 빌고 빌었을 것이다. 법당 바닥은 곧 그들의 쓰고 신 가슴을 달래 주는 염원의 터인 것이다.

　촬영을 마친 이겸과 함께 법당과 숙소 사이에 만들어 놓은 계단을 타고 절 지붕 위로 올라갔다. 상쾌한 바람이 가득한 남걀과 로만탕 일대는 그대로 광활하게 이어진 절 마당이었다. 경건한 마음이 절로 이는 룽다 옆에 서서 두 팔을 벌려 바람을 맞았다. 가슴을 최대한 부풀려 들숨과 날숨을 마시고 토해 냈다. 다시 마시고, 토해 냈다. 내 마음 속 찌꺼기가 다 빠져 나가도록 마시고 토해 냈다. 오체투지의 심정으로 마시고 토해 냈다.

아, 빨래! 오, 목욕!

곰파에서 돌아온 뒤에, 배낭 속에 처박아 둔 빨랫감을 몽땅 끄집어 내 공동 수도로 달려갔다. 물가에는 처자 한 명이 먼저 와 있었다. 타시델렉 인사말만 겨우 나눴을 뿐, 수줍음 많은 그녀에게 더 이상 말을 건네지 못했다.

일을 하기에는 불편해 보이는 전통 옷을 입은 그녀는 곡식 자루에 한가득 담긴 보리를 씻고 있었다. 우리네 것과 똑같은 모양의 둥근 체에 보리를 약간씩 나눠 담고 손으로 비빈 다음 물에 헹구고 옆에 있는 함지박에 옮겨 담는 일을 능숙한 손놀림으로 반복했다. 한참 만에 보리를 다 씻고 나더니 이번에는 석유통만한 물통에 물을 가득 담았다. 저 많은 무거운 짐들을 어떻게 가져갈까 싶어 지켜보았다. 그녀는 우선 약간 턱이 진 곳에 함지박을 놓고 그 안에 물통을 세워 담고, 다시 그 물통 위에 곡식 자루를 얹은 다음, 그 앞에 등을 대고 앉았다. 그러고는 끝이 이어진 2미터 가량의 둥근 끈으로 함지박 밑을 들어 받치고 끈을 양손으로 당겨 이마에 팽팽하게 걸쳤다. 이어, 체를 머리 위에 얹고 체에 달린 짧은 끈을 입에 물고는, 지게를 질 때처럼 자유로워진 양 손으로 양쪽 귀 근처를 지나는 끈을 바싹

마을의 공동 수도.

쥐더니, 일어서서 허리를 잔뜩 구부리고 꺼떡꺼떡 걸어갔다.

지켜보던 우리는 그녀 대신 '휴우' 하고 큰 숨을 몰아쉬고는 서로 쳐다보며 약속이나 한 듯이 입을 열었다. "예술이다, 예술!"

이겸이 먼저 다 하기를 기다렸다가 빨래를 하였다. 열흘 만에 하는 빨래라서 빨랫감이 적지 않았다. 시간을 꽤 들여서 옷가지를 깨끗이 빨고 나니 밀린 숙제를 다 한 듯이 속이 후련하고 시원했다. 숙소 지붕 가장자리에 겨울나기로 수북이 쌓아 놓은 마른 장작들은 빨래 널기에 안성맞춤이었다. 장작 위에 옷가지를 펼쳐 놓고 바람에 날리지 않게 그 위에 나뭇가지를 얹어 두었다. 햇빛과 바람에, 두 시간쯤 뒤면 뽀송뽀송하게 마를 것이다.

이제는 목욕을 할 차례였다. 이겸은 쩰레 마을에서 '값비싼' 샤워를 한 적이 있었지만 나는 열흘 동안 씻지 못한 상태였다.

네팔의 다른 지역에서 트래킹할 때에도 목욕이나 샤워는 거의 포기한다. 시설도 마땅치 않거니와, 낮과 저녁의 온도 차가 너무 심해 자칫 잘못하면 감기나 고소증에 걸릴까 싶어 이래저래 포기하고 만다. 로지가 아닌 무스탕의 가정집 살림살이에는 아예 목욕이라는 개념이 없다. 그들은 일 년 내내 목욕을 하지 않는다. 그래서 서양 트래커들은 샤워용 텐트까지 마련하여 다니기도 한다.

우리는 마을 뒤로 흐르는 계곡을 한참 거슬러 올라가서 몸을 씻기로 했다. 아무에게도 들키지 않고 강물에 몸을 담글 수 있는 곳을 미리 봐 두었던 것이다. 목욕을 감행하기로 하고 삼툭을 꼬드기니, 그렇지 않아도 그는 이 곳으로 트래킹을 오면 더러 그 계곡에서 목욕을 하고는 했다고 한다. 외국 살이를 해 본 삼툭은 이 곳의 여느 사람과 달리 목욕하는 습관이 있었던 것이다.

빙하가 녹아 흐르는 물은 생각한 것보다도 더 무섭게 차가웠다. 옷을 다 벗고서 우선 발부터 물에 담갔다. 짜르르, 얼음처럼 찬 물에 차마 몸을 담그기가 두려웠다. 서로 먼저 들어가 보라며 떠밀다가 결국 물을 튀기며 장난을 치고 나서야 물에 온 몸을 담갔다. 몸이 오싹할 만큼 차가운 물이었다. 그래도 기분은 날아갈 것 같았다. 고원의 하늘 아래, 히말라야 설산을 바라보며, 빙하 녹은 물 속에 누운 그 느낌은 각별하기가 이루 말로 다 할 수 없었다. 찬 물에 어느 정도 익숙해진 우리는 비누질까지 마친 다음에야 물 밖으로 나왔다. 수건으로 대충 물기를 닦은 뒤에 양지 바른 곳에 누워 햇빛과 바람에 몸을 맡겼다. 온 세상이 내 것 같은 기분이었다! 그 때 그 곳이 우리에겐 샹그릴라였다.

뽀송뽀송한 몸과 마음으로 로만탕으로 가기 위해 짐을 꾸렸다. 우리는 이상하리만치 조용한 한낮의 남갈 마을 골목을 빠져 나갔다. 이 곳에서 지낸 2박 3일 동안의 우리의 긴 이야기가 흘러내려가는 독폴로 계곡을 건너 다시 로만탕으로 들어갔다.

로만탕에 들어온 첫날에 묵었던 숙소에 다시 짐을 풀고 왕궁으로 향했다. 입장료 100루피(약 1,700원)만 내면 왕을 만날 수 있다기에 찾아갔지만 미리 예약을 한 사람에게만 허락된다는 말을 듣고 발길을 돌렸다. 왕궁 옆의 라마승 학교를 들러 둘러본 뒤 마을을 다시 한 바퀴 돌고 나서 숙소로 돌아왔다.

저녁 무렵, 인도-프랑스 부부와 반갑게 다시 만났다. ACAP 사업의 일환으로, 오래 된 사원의 보수 작업을 맡고 있다는 서양 젊은이 두 사람도 찾아왔다. 그들은 포도주 한 병을 들고 왔고 우리는 김을 안주로 내놓았다. 김 맛을 처음 본 그들은 '원

더풀'을 연발하였다. 인도-프랑스 부부는 그 곳 숙소를 베이스로 삼고서 두세 코스를 왕복했다고 한다. 그들은 우리가 가 보지 못한 곳에서 보고 겪은 이야기를 끊임없는 경탄과 찬사로 늘어놓았다. 무스탕의 순결한 자연과 사람, 그 대자연이 그려내는 드라마틱한 풍광은 그렇듯 누구라도 매혹시키고 만다.

이야기 꽃을 피우는 사이 밤이 깊었다. 다음 날부터 먼 길을 가야 하는 그들과 우리는 일찌감치 각자의 방으로 들어갔다. 고산 지대의 밤은 길다. 그 긴 밤이 어느때는 두렵기까지 하다. 아무 할 일 없는 산중의 밤, 책을 보자니 어두운 조명으로 마땅치 않고, 이야기를 아무리 해도 시간은 더디기만 하다. 하지만 그 날 밤은 깨끗한 옷과 개운한 몸 덕분에 어느 때보다도 빨리 단잠에 빠져들었다.

여정 열흘째, 600년 고도 로만탕의 달빛이 나그네의 객창을 길게, 길게 밝혀 주었다.

남걀 마을 삼툭 형의 집에 마련된 법당.

물줄기가 하류로 갈수록 점점 불어났다. 다시 길로 들어선 지 얼마 되지 않아, 룽다가 휘날리는 카그베니 언덕에 도착했다. 여정이 끝났다. 싹쓸바람을 대단원으로, 긴 여정이 끝났다. 무스탕 초입의 '아득한 벽'은 변함없이 짙은 영기靈氣를 뿜어 내고 있었다. 불쑥 나타난 십여 마리 소들이 덩그렁 덩그렁 목 방울을 울리며 지나갔다. 종소리. 펄럭이는 룽다. 무스탕 하늘을 향한 내 얼굴에 희미한, 아주 희미한 미소가 번져 나갔다……

미소

길

　언제 다시 올 수 있을까. 언제 다시 로만탕의 아침을 맞을 수 있을까.

　디 가옹-Dhi Gaon으로 가기 위해 다시 올라선 로 라의 아침. 닷새 동안의 우리의 발길과 이야기들을 회상하며 로만탕을 바라보노라니 가슴이 뻐근했다. 다시는 돌아오지 못할 고향을 떠나는 심정이었다.

　막 로 라를 떠나려 할 때 이겸이 자기가 겪은 이야기를 하나 해 주었다.

　로만탕에 도착한 다음 날, 아침 일찍, 내가 잠에서 깨기 전에, 파상을 데리고 로

로라 산마루에서 경을 적은 작은 종이 조각을 날리며 소원을 비는 소년.

라에 다시 올라갔단다. 이른 아침 동살 속의 로만탕을 찍으려고 한 것이었다. 그 곳에서 우연히 인상 깊은 한 소년을 만났는데, 초등학교 6학년 쯤 돼 보이는 그 소년은 산마루에 서더니 수십 장의 사각 종이를 바람결에 날려 보내더란다. 그러면서 "루웅다로~" 하며 노래말 비슷한 소리를 냈다. 소년에게 물었더니 자기 소원을 비는 것이라고 했다. 어머니가 편찮으신데 빨리 낫게 해 달라고 비는 것이었단다.

이겸은 얘기를 마치더니 그 소년처럼 "루웅다로~" 하며 빈손을 허공에 내저었다. 진지한 표정으로 무언가 소원을 비는 그의 동작을 나도 따라 하며 남은 여정도 무사하기를 기원했다. 그러고 보니 여정이 벌써 절반을 훌쩍 넘겼다.

로 라를 떠난 지 얼마 되지 않아 짜랑에서 올라왔던 길과 디 가웅으로 가는 길이 갈라졌다. 출발하기 전에 고심 끝에 정한 대로, 디 가웅 쪽 길로 접어들었다. 두 길은 한동안 V자를 이루며 멀어져 갔다.

인생도 늘 어느 길이든 선택을 해야 한다. 산다는 것은 무수한 선택의 연속이다. 때로 선택은 불안하다. 웬만큼은 예측과 전망을 할 수 있지만, 곳곳에 굴곡과 복병과 시련이 도사리고 있기 때문이다. 하지만 선택하고 나면 그 길에 온 정신을 쏟아야 한다.

너 어려운 바위 벼랑과 비바람 맞을지라도

더 안 보이는 안개에 묻힐지라도

우리가 어찌 우리를 그만둘 수 있겠는가

우리 앞이 모두 길인 것을……

이성부, "우리 앞이 모두 길이다" 중에서

처음 얼마 동안은 평탄하던 길이 무스탕 특유의 낙타 등 길로 바뀌어 갔다. 차라리 힘은 더 들어도 아주 높은 산마루에 오르면 멀리 펼쳐진 풍광이라도 즐기겠지만, 계속해서 '새끼 낙타 등' 형상을 되풀이하는 길이 오래도록 이어졌다. 우리는 지루하게 반복하는 낮은 구릉 길과 싸우며 끝없이 걸어갔다. 로만탕과 남걀에서 며칠 보내는 사이에 몸이 많이 허물어진 듯했다. 네 사람 모두 흐느적거리는 것이 꼴이 말이 아니었다. 가도 가도 길게 이어지는 길이 하도 힘겨워, 애꿎은 지도만 자꾸 꺼내 봤다. 그런다고 길이 줄어들 리 없건만.

죄 없는 길을 공연히 탓하며 그런 대로 급경사 없는 길을 투덜투덜 걸어갔다. 그러더니 어느 결엔가 지세가 공룡 머리 모양으로 험악하게 바뀌었다. 눈앞이 노래졌지만 어쩔 것인가. 기를 쓰고 몇 굽이를 넘어가 어느 능선에 올라서니, 갑자기 좌우로 깊이 팬 협곡의 놀라운 풍광이 발 아래로 펼쳐졌다.

검붉은 빛을 띠고 수십 길 깊이로 너무나 크고도 깊게 내리닫고 있는 협곡은 바라만 보아도 등골이 오싹할 만큼 무시무시했다. 그러나 그런 만큼 더할 수 없이 아름답고 신비로웠다.

그 엄청난 장관 앞에서 얼어붙은 듯 한동안 입도 떼지 못하던 우리는 이구동성으로 말했다. "이 코스를 택하길 정말 잘했다!" 한국 사람은 아무도 와 보지 않은 이 길을 얼마나 고심하며 망설이던 끝에 선택했던가. 끝없이 길게 이어져 온 길에 지쳐 기진맥진해 있던 우리의 얼굴에 환한 웃음이 피어났다. 아무도 모르는 곳을 찾아 낸 사람끼리 주고받는 비밀스런 웃음.

바야흐로, 무스탕의 진짜 비경이 시작되는 순간이었다!

칼리간타키 강은 시간을 거슬러 흐르고

벌써 두 시가 가까웠다. 무척 배가 고팠다. 중간 지점에서 도시락과 함께 우리를 기다리기로 한 아카바드는 가도 가도 보이지 않았다. 삼툭의 말이 제대로 전달되지 않은 모양이었다. 그나마 삼툭이 비상식량으로 갖고 온 삶은 달걀 한 개씩과 티베트 빵을 4분의 1쪽씩 나눠 먹으며 간신히 허기를 달랬다. 그것으로는 주린 배에 기별도 가지 않아 뱃속은 계속 야단이었지만, 그래도 길 좌우로 펼쳐진 협곡의 절경에 취해 걸었다.

로만탕에 오기까지는 늘 한 쪽으로만 보이던 고원이, 그 지점에서는 양쪽으로 출렁였다. 이따금 구름이 협곡에 그림자를 드릴라치면 명암 짙은 양쪽 고원은 깊은 바다처럼 너울거렸다.

주린 배를 부여잡고 얼추 여덟 시간을 걸었을까. 드디어 디 가웅 마을이 내려다 보이는 깎아지른 벼랑 위에 도착했다. 벼랑 위에 서는 순간, 우리는 저 너머로 펼쳐 진 고색창연한 풍광에 탄성을 크게 내질렀다.

드디어 마주한 칼리간타키 강 상류의 대협곡! 그 광경은 진정 '태곳적' 모습의 웅위요, 절경이고 절창이었다. 시꺼먼 탁류로 흐르는 칼리간타키 강. 암갈색의 산. 절벽을 깎은 듯, 쪼아낸 듯, 갈아낸 듯 파이프 오르간 형상을 한 수십 개의 기둥. 그들이 어우러진 대협곡은 무스탕 내원內苑의 초자연적인 기운을 뿜어 내고 있었다.

들어가지 말아야 할 곳에 들어서고, 보지 말아야 할 것을 본 듯한 느낌이었다. 외경심을 불러일으키는 대협곡은 현실과 완전히 동떨어진 비밀스런 기운을 물씬 풍기며 우리를 압도했다. 불과 몇 초 사이로 과거 속으로 빨려들어간 느낌이었다. 새로운 차원의 세계에 들어선 느낌이었다. 시간과 공간의 순수 원형질을 마주한 느낌이었다.

그 비현실성에 고개를 설레설레 저었다. 나를 둘러싼 그 광경이 아무래도 믿어지지 않았기 때문이었다. 특히 파이프 오르간 모습을 한 절벽은 아무리 보아도 현실감이 들지 않았다. 그 밑으로 흘러가는 칼리간타키 강 역시 현실을 거슬러 과거로, 또는 알 수 없는 시간 속으로 흘러가는 듯했다.

지구상에 이런 곳이 있다는 것이 믿기지 않았다. 디 가웅 대협곡은 대지의 자궁이었다. 대지의 가장 깊은 곳, 은밀한 곳이었다. 세상의 모든 산과 강이 시작되는 곳인 듯했다. 디 가웅 대협곡은 대지의 원초였다. 대지가 헐벗은 이 곳에서 오히려 가장 뜨거운 생명 열이 솟아나는 듯했다. 어쩌면 이 곳은 현실과 비현실이 교차하는 카오스chaos, 만물이 생겨나기 이전의 원초일지도 모르겠다는 생각마저 들었다.

한동안 협곡에 홀린 정신을 가다듬고 벼랑 바로 밑을 내려다보았다. 직사면 아래 아슬아슬하게 자리 잡은 네댓 채의 집. 종일 굶다시피 한 우리는 집 모양만 보아도 반가워 한달음에 내려가고 싶었다. 하지만 기울기가 45도가 넘는 골짜기 비탈길은 흙과 모래로 미끄러워 각별히 조심해야 했다. 앞서 간 말들은 짐을 싣고서 이 길을 어떻게 내려갔을까가 적이 걱정되었다. 가파른 비탈길 중간에서 그 곳에 세워진 룽다와 골짜기 건너편의 룽다 사이를 이은 긴 줄에 수십 장의 타르쵸가 바람에 펄럭이고 있었다. 사람들은 어쩌다 이렇게 외딴 곳까지 찾아 들어와 살고 있는 것일까.

네팔에서 가장 은밀한 도시 숨어 있는 듯한 자을 마을

디 가웅 마을의 어느 집 텃밭. 척박한 땅이 저리 고운 꽃을 피워 내는 것이 신기했다.

그들이 살고 있기에 우리가 그 코스를 택할 수 있었지만, 사람 살기에 너무나도 척박해 보이는 마을이었다.

파이프 오르간의 기둥들 같은 모습의 절벽.

비탈길을 미끄럼 타듯 내려가 페인트로 얼기설기 지도를 그려 넣은 녹슨 철판 옆을 지나 마을로 들어섰다. 문명으로부터 까마득하게 멀리 퉁겨져 나온 외딴 마을 골목길엔 오가는 사람 하나 없이 바람만 이따금 지나갔다. 그래도 수로에는 깨끗한 물이 흐르고 있었고, 우리의 숙소로 정해진 집은 비교적 깔끔했다.

"산차이 후누훈차(잘들 지내시오)?"

거의 하루 만에 보는지라 오랜만에 만날 때 쓰는 인사말을 아카바드에게 건넸다. 그가 내 인사에 대답할 틈도 주지 않고 삼툭이 점심 일로 대뜸 그를 나무랐다. 나도 은근히 괘씸하다 여겼지만, 둘 사이에 끼어들어, 배고프니 얼른 밥을 해 달라며 분위기를 무마했다. 시어 꼬부라진 김치로 찌개를 끓여 배가 터지게 점심 겸 저녁을 먹었다. 역시 김치찌개였다!

한참 늦은 오후. 그래도 해가 조금 남아 있길래 이겸과 함께 마을을 둘러보았다. 벼랑 위에서 볼 때보다 한층 더 가까워진 대협곡의 장중함에 다시 한번 우리는 경탄했다. 디 가웅의 대협곡은 무스탕의 미학이고, 절정이며 요체였다.

손바닥만한 마을에도 메밀꽃이 한창이었다. 가냘픈 몸매의 그들이지만 태곳적 같은 황량한 대협곡에 생생한 생명 기운을 일으키며 바람에 살랑거렸다. 메밀밭에는 할머니 한 분이 물꼬를 매만지고 있었다. 밭두렁엔 할머니가 던져 놓았을, 우리네 것과 꼭 같은 모습의 괭이와 삼태기가 놓여 있었다. 생김생김도 우리와 비슷한 할머니는 이겸이 사진을 찍으려 하자 무엇이 그리 즐거운지 주름진 얼굴로 환한 웃음을 지었다. 저분은 어떤 세월의 강을 흘러 왔기에, 저 나이에 저렇듯 천진한 웃음을 웃을 수 있을까, 생각했다. 할머니의 웃음 뒤로, 다시 보아도 시간을 거스르는 듯한 칼리간타키 강이 소리 없이 흘러가고 있다.

데짱 콜라의 거센 탁류

다음 날, 탕게를 향하여 길을 출발했다. 탕게로 가는 길은 로만탕에서 디 가웅까지 온 길보다 훨씬 더 멀고 험한 길이라고 했다. 출발부터 다리가 무거웠다. 그리고 가는 도중에 꼭 건너야 한다는 데짱 콜라의 물살이 벌써부터 염려되었다.

아침 일찍부터 서둘러 작은 계곡 두 개를 건너고 나니, 수직 벽을 이룬 돌투성이 길이 나왔다. 그 수직 벽 길에 달라붙다시피 하여, 앞선 사람의 발길에 채인 돌덩이들이 수시로 굴러 내려오는 아찔한 경사를 천신만고 끝에 넘어섰다. 그러자 디 가웅에서 바라보았던 직육면체 벌판이 시작되었다. 거대한 산의 중간이 계단처럼 꺾여 생긴 지형. 어디라도 길이 될 듯한 모판 같은 평원. 희미하게 나 있는 길의 흔적을 따라 해를 이고 무작정 걸었다. 생각도 궁리도 없었다. 그저 발을 내딛고 또 내딛을 뿐이었다. 한참을 가노라니 그렇게 발끝만 보고 숨차게 걷던 벌판이 갑자기

칼리간타키 강에서 채취한 암모나이트 화석.

뚝 끊기며, ㄷ자 모양으로 크고 깊게 팬 지형으로 돌변했다. 위험해 보이지는 않았으나 거대한 지형의 급격한 변화에 새삼 놀랐다. 마치 지구 밖 우주의 어느 별이라도 탐사하는 듯한 기분이 들었다.

땡볕 아래 몸이 탔다. 무스탕의 비밀스러운 내원內苑이 처녀성을 간직하려고 우리를 자꾸 밀쳐 내는 것 같았다.

미지근한 물을 거푸 마시며 걷기를 반나절. 지루한 평원이 끝나고 길은 벼락 같이 꺾여 벼랑 아래로 곤두박질쳤다. 데짱 콜라 협곡 위였다. 디 가웅과 탕게 사이 길의 삼분의 일쯤 되는 지점인 그 곳은 여간 심상치 않은 곳이 아니었다. 그 곳이야말로 대협곡의 심장부였다. 직각을 이룬 벼랑 위에 서서 천길 아래 저 까마득한 곳에서 무섭도록 시커멓게 흐르는 데짱 콜라를 내려다보았다. 물줄기는 멀지 않은 곳에서 칼리간타키 강과 합류한다. 바로 그 삼각 지점에 디 가웅에서 보았던 거대한 '파이프 오르간' 절벽이 우리와 바로 마주보고 서 있었다. 파르테논 신전 기둥의 수십 배나 되는 크기로 절벽 단면에 도열해 있는 검은 기

둥들. 몇 걸음 만에 닿을 듯한 거리에서 그들을 마주보며 있으려니 심장이 큰 북소리를 내며 사정없이 뛰었다.

강도 산도 협곡도 절벽도 온통 거무스름한 색을 띤, 깊고 스산한 지형. '무스탕의 심장'이 벌렁벌렁 뛰는 곳. 다른 어떤 곳과도 비교할 수 없을 만큼 빼어나게 아름다운 무스탕의 걸작이었다. 이겸은 파상을 데리고 벼랑 끝에 바짝 다가갔다. 삼각대를 펼치고 카메라를 얹은 다음 재빠른 동작으로 셔터를 눌렀다.

멀리 앞에서 데짱 콜라를 건너려는 우리 스태프들과 말들이 물줄기 사이로 드러난 마른 강바닥 위에서 점처럼 움직이는 것이 보였다. 거센 물살을 피해 보려고 이리 가 보고 저리 가 보며 수심이 얕은 곳을 찾는 것이 확연했다. 그들의 모습을 바라보던 삼툭이 상황이 심상치 않을 것 같다며 급경사 길을 뛰듯이 내려갔다. 나도 털끝까지 곤두서는 긴장감을 느끼며 아슬아슬한 벼랑길을 더듬더듬 내려갔다.

굉음을 내며 흐르는 시꺼먼 탁류들! 제멋대로 흐르는 물줄기들 중 두어 개는 뛰어 건넜지만 마지막 깊고 넓은 물길 앞에서는 대책이 서지 않았다. 깊이는 허리춤 정도밖에 되지 않아 보였지만, 물 흐르는 속도가 대단해서였다. 물 속의 돌들이 서로 부딪치며 으르륵 크르륵 괴상한 소리를 내며 굴러가고 있었다. 이미 강을 건너간 일행들이 손짓을 하며 무어라 크게 소리치지만 물 소리에 묻혀 들리지 않았다. 그런 중에도 그들의 손짓을 따라 비교적 얕아 보이는 곳으로 옮겨갔지만 엄두가 나지 않았다. 신을 신고 건너자니 젖은 신을 언제 말려 먼 길을 갈까 걱정이고, 벗고 건너자니 구르는 돌에 발목이라도 다칠까 봐 도저히 자신이 없었다. 또 앞뒤에서 돌 구르는 소리와 합세하여 거센 물살 소리를 내는 강물 소리만으로도 정신을 차리기 힘들 판이었다.

진퇴양난으로 어쩔 줄 모르고 있는데, 건너편에 있던 고딸다이가 텀벙텀벙 강을 건너와 제 등을 내밀었다. 이럴 수가! 더구나 그는 맨발이 아닌가. 하지만 별다른 수가 없었다. 괜찮겠냐고 몇 번을 다짐한 뒤에 미안하고 고마운 마음으로 그의 등에 업혔다. 80킬로그램 등짐(?)을 진 그가 허벅지까지 오르는 물살을 헤쳐 나아갔다. 물 속을 구르는 돌멩이 소리가 천둥 소리로 들렸다. 고딸다이가 기우뚱, 기우뚱할 때마다 내 두 팔이 그의 목을 조를 듯 감았다. 그래도 기괴스런 물줄기를 끊어가며 사력을 다한 그가 마침내 나를 무사히 맨땅에 내려놓았다. 그의 등을 두드리고, 두 손을 합장하고 인사함으로써 내가 할 수 있는 최상의 고마움을 표시했다. 싸움터의 전사 같아 보이는 그가 겸연쩍게 웃으며 돌아섰다.

전우들

이겸도 고딸다이의 등에 업혀 강을 건너왔다. 그의 괴력은 정말 놀라웠다. 꺼멀다이도 강을 건너가 파상의 짐 하나를 받아 지고 건너왔다. 하류 쪽으로 한참 내려가 얕은 곳을 찾은 치링다이와 삼툭도 말들을 데리고 무사히 건너와 합류했다. 모두 격심한 전투를 함께 치른 '전우' 들이었다.

아무 일 없었다는 듯이 강물은 소리 지르며 흘러갔고 태양은 여전히 우리를 뜨겁게 달궜다. 이겸과 나는 해파리처럼 축축 늘어졌다. 아침 7시에 떠나 여섯 시간 가량 걸은 뒤에, 강물과 힘겹게 싸운 스태프들 역시 피로의 기색이 역력했다. 축 처져 있는 우리 앞에 아카바드가 도시락을 꺼내 놓았다. 그가 직접 만든 네팔 식 짠 과자와 티베트 빵이 전부였지만, 반갑기 짝이 없었다. 말에 실은 짐에서 서울에서 가져온 비상식량도 꺼내 함께 펼쳐놓으니 점심 상은 제법 그럴듯했다. 빙 둘러 앉아 꿀맛처럼 달디단 점심을 함께 나눴다.

점심을 먹고 나서, 세상에서 가장 큰, SF영화 세트 같은 곳을 배경으로 모두 카메라 앞에 한 줄로 나란히 섰다. 모두의 얼굴에 웃음이 가득했다. 다시 꾸리기 힘든 훌륭한 팀이요 멋진 전우들이었다. 오래오래 기억될 그들의 모습이 한 컷 필름에 새겨졌다. '그대들, 다시 못 만나도 행복하시길. 타시델렉!'

비상, 비상!

"자고 나도 사막의 길, 꿈 속에서도 사막의 길……"이라는 가사로 시작되는 옛 가요가 생각나는 탕게로 가는 길. 가도 가도 끝 모를 길이 이어졌다. 여기만 넘으면 될까 하고 보면 또 오르막, 그것도 빗물에 움푹 팬 길이 골짜기를 이룬 틈새로 수시로 내려갔다가 다시 올라가야 하는 희한한 지형이었다. 파상이 옆에서 그럴 때마다 제 나라 말을 가르쳐 준다고 "우깔로(오르막),""오랄로(내리막)" 하며 히죽히죽했지만 우리는 거의 기절할 상태였다. 급기야는 설상가상으로 '비상사태'까지 벌어졌다. 유난히 깊은 골짜기 앞에서 말들이 멈추어 서더니 꼼짝하지 않고 버티는 것이었다. 말이란 동물은 본능에 퍽 충실하다. 자기가 갈 수 없는 길이라고 판단되면 밀어 넘어뜨리기 전에는 절대 나아가지 않는다.

치링다이와 삼툭이 사람 키 높이가 넘는 비좁은 골짜기로 내려가 이리저리 살펴보더니 고개를 가로저었다. 낭패였다. 길은 그 길 하나뿐인 외길이고, 이미 디 가웅을 출발해 열 시간 가까이 온 터였다. 해도 급속히 기울고 있어 돌아간다는 것은 아예 불가능했다. 하는 수 없어 일단 고딸다이와 꺼멀다이, 파상, 아카바드 그리고 우리가 먼저 골짜기로 내려가 간신히 건너편으로 기어 올라갔다. 남아 있는 치링다이가 몹시 불안한 얼굴로 발을 동동 굴렀다. 치링다이보다 더 긴장한 모습의 삼툭이 어떻게든 묘책을 찾으려고 이리 뛰고 저리 뛰며 근처 지형을 살피고 다녔다. 그러더니 길이 없는 산 쪽으로 치링다이와 말들을 이끌고 갔다. 불안한 마음에 온갖 상상이 다 떠올랐다.

삼툭과 치링다이는 산 쪽으로도 가지 않겠다고 버티는 말들을 고삐를 억지로 당겨 산 위로, 산 위로 골짜기 건널 곳을 찾아 무작정 올라갔다. 말 한 마리가 유독 겁을 먹어 애를 먹었다. 그들과 점점 멀어진, 그러니까 골짜기를 사이로 V자로 갈라진 우리는 그들이 간 곳 반대편 산 중턱에 먼저 올라와, 숨죽이고 건너편을 바라보았다. 입이 바싹바싹 말랐다. 갖고 온 물도 거의 다 떨어져 가고 있었다. 이 쪽의 스태프들이 소리를 질러 가며 말이 갈 만한 곳을 짐작으로 일러 주었지만 대답이 없었다. 한참을 헤매던 삼툭과 치링다이는 어느 구릉 뒤로 돌아가더니 아예 보이지 않았다. 한동안 무거운 침묵이 흘렀다. 모두 뚫어져라 구릉 쪽만 바라봤다. 바라보기만 할 뿐, 아무 생각도 할 수 없었다.

열사흘째 되는 날, 뜻하지 않은 돌발 상황을 만난 우리는 크게 당황했다. 상상조차 하고 싶지 않았지만, 만일 그들이 우리 쪽으로 건너올 수 없다면 우리 일정은 도저히 수습할 수 없이 엉망진창이 될 것이 뻔했다.

얼마쯤 시간이 흘렀을까, 덩그렁 덩그렁 말방울 소리가 나면서 마침내 우리 발 아래 급경사에서 말고삐를 손에 쥔 삼툭의 머리가 까딱까딱 올라왔다. 이어, 잇몸을 드러내고 웃는 치링다이가 나머지 말들을 데리고 나타났다.

하늘이 도와, 없는 길을 만들며 기어코 건너온 그들에게 라므로, 라므로!를 외쳐댔다. 땀범벅이 된 삼툭과 굳은 악수를 나눴다. 삼툭은 그의 잘못도 아닌데도 멋쩍고 미안해하는 얼굴로 수줍게 웃었다.

삼툭은 내가 겪어 본 가이드들 중 가장 책임감이 강하고 믿음이 가는 사람이었다. 그는 말수 적으면서도 스태프들 다루는 솜씨가 능란했고, '고객'의 심중도 미리미리 알아서 헤아렸다. 그 날의 위기 상황도 그의 침착한 대처가 아니었으면 넘기기 어려울 터였다.

또 한 번의 '전투'에서 승리한 전우들과 물병을 들어 건배했다.

백색 음향, 백색 침묵

한참 동안 말들을 쉬게 한 후 다시 길을 시작했다. 걸음은 여전히 질질 끌었고, 그렇게 한바탕 소동을 치렀건만, 탕게는 대체 어디 있는지 가도 가도 보이지 않았다. 탕게로 가는 길이 이렇게 험하고 먼 줄 미리 알았다면 우리가 이 길을 택했을

탕게 가는 길 도중에 보이는 고원 풍경.

까, 수없이 자문해 보며 길을 갔다. 디 가웅에서 탕게로 이어지는 길은 특별나게 멀고 험했다. 험해서 더 멀었다.

어느 오르막에선가, 걸음을 잠시 멈추고 숨을 헐떡이던 이겸이 불쑥 던진 말, "네가 탕게 길을 알아?" 어느 텔레비전 광고를 흉내내어 우스개로 한 이 말을, 탕게에 다다를 때까지 힘들 때마다 우리는 내뱉곤 했다. 그만큼 멀고도 고생스러운 길이었다.

마침내 디 가웅을 출발한 지 열두 시간 만에, 장하게도 탕게로 가는 마지막 능선

위에 올라섰다. 섰다기보다는, 간신히 기어올라 산마루에서 픽 쓰러졌다. 손가락 하나 까딱할 힘도 없었다. 찬 바람에 땀이 마르며 생긴 한기에 몸이 부르르 떨릴 때까지 꼼짝없이 누워 헐떡였다. 가까스로 일어나 앉았다. 탕게 길이 보여 주는 또 다른

다울라기리, 닐기리 설봉이 멀리 보인다.

절경이 펼쳐졌다. 온몸에 소름이 돋았다.

히말라야 산맥 위로 잔뜩 몰려 있는 구름 사이로 은연히 솟은 두 봉우리. 다울라기리(해발 8,167미터)와 닐기리! 그 때까지 한 번도 모습을 드러내지 않던 다울라기리가 닐기리와 마주 앉아 있는 그 자태에 가슴이 떨렸다. 극도로 피로하던 몸이 마취 주사라도 맞은 듯 풀어지고, 두 거봉의 희디흰 이마에 눈도 마음도 다 깨끗해졌다.

흰색은 죽은 색이 아닌, 가능성으로 차 있는 침묵인 것이다. 흰색은 갑자기 그 의미가 이해될 수 있는 침묵과도 같이 음향을 울린다. 그것은 젊음을 가진 무無이다. 또 더 정확히 말하면 시작하기 전부터 무無요, 태어나기 전부터 무無인 것이다. 지구는 빙하기의 백시대白時代에 아마도 그런 식으로 음향을 냈을 것이다.

칸딘스키

볼 때마다, 떠올릴 때마다, 수만 년 침묵으로 내 부박함을 질타하는 저 마법의 흰색. 너무 커 듣지 못하는 우렛소리로 아상我相을 여지없이 깨뜨리는 새하얀 결정. 그것은 백색의 음향, 백색의 침묵이었다.

오, 탕게!

산마루에서 탕게 쪽으로 내려갈 무렵, 해가 떨어지고 물도 떨어졌다. 산마루에서 보일 줄 알았던 마을은 꼬리 끝도 보이지 않았고 갈증에 온몸이 타 들어갔다. 혹시 누구라도 오지 않을까 해서 탕게 쪽을 응시했으나 깜깜 무소식이었다.

휘청휘청, 더듬더듬, 몽롱한 밤길을 얼마나 더 내려갔을까. 앞서 가던 파상이 우리를 돌아보며 반갑게 소리를 질렀다.

"누가 오고 있어요!"

손전등을 마주 비추며 오는 이는 '괴력'의 고딸다이었다! 험한 밤길을 마다하지 않고 올라와 준 그가 무척이나 고마워 손을 있는 힘껏 꽉 잡았다. 그리고 그들의 예법대로 두 손을 합장했다.

그가 들고 온 물을 실컷 마셨다. 그러고는, 털버덕 주저앉았다가 벌렁 누워 버렸다. 고딸다이가 챙겨 온 간식으로 마저 요기를 하고 비로소 기운을 내어 밤길을 다시 나섰다.

길은 금세 험악해졌다. 모래 섞인 자갈투성이 급사면 길에서 갈수록 발길이 직직 미끄러졌다. 후들거리는 다리로 그저 고딸다이의 발뒤꿈치만 따라가며, 마음 속으로 모두 무사히 도착하기만을 간절히 빌었다. 맨 앞에서 우리를 인도하며 가는 삼툭은 이번에도 줄기차게 경을 외웠다. 쵸세르 밤길에서보다 훨씬 더 크고 굵은 목소리였다. 경을 외는 삼툭의 목소리가 점점 더 커지는 것이, 아무래도 길이 정말로 위험한 모양이었다. 내 뒤에 바싹 붙어서 수시로 미끄러지는 나를 잡아 주는 파상의 입에서도 "옴마니파드메훔"이 되풀이되었다. 머리칼이 쭈뼛쭈뼛 서도록 긴장은 되었지만, 사람들의 따뜻하고 섬세한 마음이 느껴져서 적이 위안이 되었다. 그렇게 사투를 벌이며 가기를 한 시간쯤 한 끝에, 경사 길 어느 모퉁이 아래에서 붉은 불빛이 점점이 보이기 시작했다. 탕게였다!

장장 열세 시간의 행군 끝에 당도한 탕게 마을. 디 가웅과 마찬가지로 집들은 급사면 아래 웅크리고 있었다. 곡절 많았던 하루의 끝, 비탈 아래서 나는 아무튼 해냈구나 하는 안도의 숨을 몇 번이나 길게 내뿜었다.

산은 어두운 하늘을 배경으로 짙은 실루엣을 그리고 있었고, 지금까지 힘겹게 걸어 내려온 급경사 길도 뒤돌아보니 어둠에 묻혀 거의 보이지 않았다. 마을에서 가장 위쪽에 있는 아주 작은 단층집으로 들어섰다. 아카바드와 꺼멀다이, 치링다이가 "틱챠?" 하며 우리를 반겼다. 며칠 만에 처음 보는 얼굴들처럼 반가웠다. 식사 후, 모두 조그만 다이닝룸에 둘러앉아 아슬아슬하고 위험한 고비를 넘긴 얘기, 그만큼 또 즐거웠던 얘기로 밤이 이슥하도록 시간 가는 줄 몰랐다.

일정을 체크한 우리는 탕게 마을에서 예정보다 하루를 더 머물기로 했다. 다음 코스도 그 날만큼, 어쩌면 그 날보다 더 힘들지 모를 길이라서, 푹 쉬기로 한 것이었다.

혼자 밖으로 나갔다. 탕게 마을은 깊은 잠에 빠졌고, 보름에 가까운 달이 엷은 구름 속에 희미하게 웃고 있었다. 나도 빙그레 웃음으로 화답하였다.

탕게 마을의 복숭아 두 알

아침 일어나니 늘 그랬듯이 이겸은 카메라 가방과 함께 이미 사라지고 보이지 않았다. 찌뿌드드한 몸으로 집 밖으로 나섰다. 아침 바람이 제법 차고 거셌다. 한쪽에 웅크리고 앉아 담배 연기를 길게 뿜으며 고개를 하늘로 향했다. 하늘 대신에 눈을 가로막는 것은 수직 벽의 산과 가파른 내리막길이었다. 어젯밤 저 길을 내려왔다니, 저 산을 넘었다니, 새삼 몸서리쳤다.

집 바로 위 야트막한 언덕에 올라가자 디 가웅에 버금가는 커다란 협곡이 눈에 가득 들어왔다. 가는 곳마다 기기묘묘한 풍광! 무스탕은 겹겹의 다채로운 비경의 꺼풀을 언제나 다 벗어 보여줄런지 모를 일이었다.

나이 든 아낙의 천진한 웃음.

비탈길 아래로 바싹 엎드려 있는 마을 어귀에는 불탑 쵸르텐이 열을 지어 서 있었다. 이렇게 한꺼번에 여러 개가 모여 있는 쵸르텐은 처음이었다. 고원 깊숙이 외진 곳에 사는 사람들이라 그만큼 더 강하게 종교에 기댈 수밖에 없나 보다 싶었다. '마지막 은둔의 땅' 무스탕 안에서도 더 깊이 숨어 있는 탕게 마을. 고작 여남은 집이 전부인 마을 곳곳에서 연기가 피어올랐다. 무스탕의 집은 어느 집이나 할 것 없이 굴뚝이 없다. 지붕에 뚫린 구멍으로 워낙 많은 바람이 지나가니 굳이 굴뚝을 세울 필요가 없는 모양이었다.

마을 안이 궁금해 어슬렁어슬렁 마을로 향했다. 거센 바람을 함께 견뎌 보자고 다닥다닥 붙은 집들은 여전했다. 그 사이 좁고 어두운 골목길엔 지붕들 사이로 겨우 들어온 햇살로 해바라기하고 있는 노인들이 몇몇 보였다. 타시델렉, 인사를 주고받으며 미로 같은 골목길을 가다가 갑자기 걸음을 멈추었다. 그리고 살며시 뒤돌아보았다. 어느새 아이들 댓 명이 오리 새끼들마냥 따라붙어 있었다. 낡은 옷에 땟국 흐르는 얼굴이었지만 맑고 새까만 눈동자가 반짝반짝 빛났다. 골목길 끝 공터로 나와 주머니를 뒤적이니 아무것도 없고 비스킷 달랑 두 개가 나왔다. 녀석들 중 가장 나

경전이 새겨져 있는 돌들.

이 많아 보이는 아이의 손에 비스킷을 쥐어 주며 손짓 몸짓 다 동원해 다른 아이들과 나눠 먹으라고 일렀다. 비스킷을 든 아이를 따라 다들 산 쪽으로 우르르 뛰어갔다. 아이들은 '횡재수'가 생기면 왜 어디론가 달려가는 것일까, 그 모습을 보며 혼자 웃음 지었다.

협곡 쪽으로 눈을 돌렸다. 나무 한 그루 없이 거무스름한 알몸을 드러낸 채로 텅 비어 있는 협곡. 크게 비어, 크게 아름다운 것일까. 아침 햇살을 받아 짙은 명암을 그리며 무스탕 내원의 나신裸身이 웅숭깊게 들어앉아 있다. 아름다웠다. 허나 바라보는 가슴이 까닭 모를 슬픔에 젖었다. 눈에 이슬이 맺혔다. '행복의 부름이 너무도 강렬할 때, 슬픔은 인간의 마음 속에서 고개를 쳐들

게 된다' 고 한 누군가의 말이 떠올랐다.

아름다운 풍광을 혼자 감당하지 못하여 가슴 저며하고 있는데, 갑자기 등 뒤에서 인기척이 느껴졌다. 놀라 돌아보니, 어느 틈에 왔는지 아이 하나가 서 있었다. 가만히 보니, 아까 비스킷 두 개를 쥐어 준 그 아이였다. 때에 절고 구멍 숭숭한 셔츠 바람으로 나를 올려보고 있는 맑고 새까만 눈. 맑은 빛을 내며 눈을 깜빡이는 아이가 나에게 무언가를 건넸다. 얼결에 손을 내밀어 받아들었다. 호두만큼 작은 복숭아, 빛을 받아 알록달록 반

양털로 실을 잣고 있다.

짝이는 복숭아 두 알이었다. "하, 녀석 봐라." 아이의 앞에 쪼그려 앉았다. 복숭아를 담은 내 두 손을 합장하여 아이의 얼굴 앞으로 올리며 티베트어로 말했다. "투체체 (고맙습니다)." 아이는 빙긋 웃더니 또 어디론가 달려갔다.

뛰어가는 아이 너머로 멀리 줄지어 선 쵸르텐이 아침 해에 환했다. 모은 두 손을 펴고 복숭아 두 알을 내려보며 나직이 읊조렸다. 타시델렉.

숙소로 돌아오는 길에 간밤에 내려온 비탈길 아래 쪼그려 앉았다. 점점 끝나가는 여정이 자꾸 비워져 가는 사과 광주리처럼 못내 섭섭했다. 그 동안 보름 가까운 꿈 같은 여정을 떠올리며 긴 숨을 내쉬었다. 아직 이삼 일의 여로가 더 남았지만, 막바지를 향해 가는 여정이 참으로 아쉬웠다.

파상과 촬영에서 돌아온 이겸의 얼굴이 몹시 밝았다. 아침결에 좋은 사진을 많이 담은 모양이었다. 저 위 골짜기 깊은 데까지 갔는데 아주 좋았단다. 쵸르텐 있는 데도 갔는데, 지나다니는 사람이 없어 카메라를 세워 놓고 삼십 분 넘게 기다려서야 한 사람이 지나가길래 겨우 찍을 수 있었다고 한다.

이겸과 나는 머리도 감고 면도도 할 겸해서 마을에 있는 공동 수도로 갔다. 양지바른 수돗가에서 우리는 노닥노닥 얘기하며 말끔히 몸단장을 했다. 겉모습이야 이런들 저런들 상관 없었지만, 트래킹 도중에 그처럼 야외에서 머리 감고 면도하는 기분도 남다른 맛이었다.

돌아오니 삼툭과 아카바드가 낑낑거리며 텐트를 치고 있었다. 여정 중 처음으로 세우는 텐트였다. 그 동안은 치고 싶어도 장소가 마땅치 않았다. 하지만 이 곳 집 앞에는 담장을 두른 공터가 있어, 카트만두에서부터 짐 크기와 무게를 더하며 힘들여 갖고 온 보람이라도 느낄 양해서 꼭 필요한 것은 아니지만 텐트를 세웠다. 오각형 텐트 안은 아늑했다. 우리는 그 안에서 이리 뒹굴 저리 뒹굴 하며 잡담도 하고, 메모도 하고, 낮잠도 한숨 잤다. 오랜 여행 중에 한 번쯤은 필요한 시간이었다.

모처럼 한가한 날이라, 마침내 아카바드의 비장의 카드, 이탈리아 음식이 점심 메뉴로 나왔다. 달랑 스파게티가 전부였지만 아카바드가 열심히 밀가루 반죽을 해서 만든 것이었기 때문에 푸짐한 점수를 주고 감격(?)스럽게 식판을 비웠다.

그 날 밤은 일찌감치 텐트에서 잠을 청했다. 칠흑 어둠 속에서 좀 으스스하긴 했지만 슬리핑백에 들어가 무스탕에서의 또 하룻밤을 뉘었다.

탕게 마을에 줄지어 선 쵸르텐. 무스탕 어디에서도 이런 모습을 볼 수 없다. 무스탕 안내 책자마다 즐겨 싣는 장면인데 실
제로 이 광경을 마주치기란 여간 힘든 게 아니다. 탕게로 가는 길이 멀고 험하기 때문이다.

파아 산정에서

으흡, 들숨으로 폐를 최대한 팽창시키고, 다시 후우 하고 날숨으로 폐를 최소한으로 쪼그라뜨렸다. 1시시의 산소라도 더 들이마시고, 1시시의 이산화탄소라도 더 내쉬기 위함이었다. 파아Pha로 가는 마지막 오르막. 이 고비를 쉬지 않고 올라가 보고 싶었다. 일부러 소리를 내어 걸음에 숫자를 매겼다. 힘들다는 생각을 구령 소리로 잊어 보려는 시도였다. 하나, 둘, 셋……, 스물여덟, 스물아홉! 무스탕 여정에서 마지막 가파른 곳, 가장 높은 곳, 해발 4,334미터에 두 발을 올려놓았다.

다 올라가자마자 이번에도 어김없이 뻗듯이 누워 버렸다. 눈꺼풀이 저절로 감겼다. 내 거친 숨소리만이 커다랗게 확성되어 들려왔다. 지나온 열엿새의 길과 여정이 감긴 눈 속에서 명멸했다. 어떻든 용케 여기까지 왔구나 싶었다. 누군가 나를 이끌어 준 것이라고 생각했다. 그렇지 않고서는 어떻게 올 수 있었으랴.

웬만큼 숨을 고르고 나서 눈을 떴다. 천정天井에 박힌 태양. 무던히 나를 달구던 불덩어리. 어느 서양 사람이 히말라야의 태양을 겪은 후, "나는 태양을 먹었어(I ate the sun)"라고 말했다던가.

그 날, 우리는 탕게 길에서 겪었던 위험한 야간 트래킹을 되풀이하지 않으려고 새벽같이 길을 떠났다. 새벽 5시쯤 일어나 6시쯤 동트기 전에 탕게 마을을 떠났다. 물줄기 가는 작은 계곡을 건너면서부터 마의 오르막이 나타났다. 무스탕 여정에서 가장 가파르고 긴 오르막이었다. 그런데 계곡을 건너다 삼툭이 예기치 않게 발목을 삐었다. 가이드가 발목을 삐다니! 다행히 큰 부상은 아니었지만, 하필이면 오르막이 시작되기도 전에 다쳐서 더 낭패스러웠다. 약을 총동원해 바르고 붕대까지 감은 삼툭과 함께 오르막에 붙었다. 그 때 삔 발목 때문에 삼툭은 그 날부터 꼬박 사흘 동안 다리를 절며 몇 배의 고생을 했다.

처다보기만 해도 지레 기운이 빠지는 기나긴 비탈길은 가도 가도 첩첩이었다. 정상이 보이지 않아 더 공포스러운 비탈길이었다. 어림짐작으로 오르막의 절반쯤 돼 보이는 곳에 다다랐을 때 일정이고 뭐고 나 몰라라 하며 맥을 놓아 버렸다. 숨을 쉬는 것이 아니라 숨이 들어오지 않는 것 같은 고통 속에 깔딱깔딱 숨을 헐떡였다. 뒤이어 올라온 이겸도 털썩 주저앉아 몸을 있는 대로 늘어뜨렸다. 여간해서 힘든 기색을 보이지 않던 파상도 땀을 비적비적 흘리며 힘들어했고, 삼툭 역시 부상당한 다리를 끌고 쩔쩔매며 뒤늦게 올라왔다. 경사면에서 거의 탈진하여 늘어진 네 사람은 낚시에 잡힌 붕어처럼 눈만 껌벅였다.

절로 욕이 튀어나올 만큼 극심하던 피로와 호흡 곤란이 그래도 잠시 휴식을 취하자 서서히 회복되었다. 그러자 비로소 건너편의 탕게 마을 주변의 빼어난 경관이 눈에 들어왔다. 그 사이에는 피로에 가려 보지 못했던 것이다. 이겸은 기를 쓰고 카메라를 잡았고, 나는 다시 경사면에 달라붙었다. 아예 납덩이가 된 몸을 안간힘을 쓰며 옮겼다.

오르막 시작부터 같이 출발했던 고딸다이와 꺼멀다이는 어느 틈에 나하고 거리가 한 이십 분쯤 떨어져 뵈는 능선 위를 움직여 가고 있었다. 가파른 대각선 능선을 올라가는 옆모습은 멋진 구도를 연출하고 있었다. 그들 뒤로 새파란 하늘이 보였다. 능선에 하늘? 그렇다면 어딘지 몰라도 산마루가 가깝다는 신호였다. 희망(?)이

파아 산정.

생긴 나는 마지막 힘을 쏟아 걸음을 떼었다.

차츰차츰 하늘이 가까이 다가오더니 마침내 룽다가 보이기 시작했다. 룽다가 있으면 틀림없이 정상이다. 모든 힘을 짜내고 짜내 거리를 좁혀 간 나는 가장 급한 경사를 남겨 두고 걸음을 멈췄다. 그리고 하나, 둘, 셋 셈을 시작했고 스물아홉 걸음만에 룽다 아래에 이르러 그대로 쓰러졌다.

얼굴이 익을 것 같은 태양의 열기를 못 견뎌 일어났다. 무스탕 전체의 절반은 될 만한 광활한 천지가 한눈에 들어왔다. 멀리 티베트로 내달리는 고원으로, 호호탕탕浩浩蕩蕩한 하늘로 그리고 절묘하게 배합된 색조의 구름으로, 지나온 어느 지역보다 막막漠漠하게 열린 무한 지대가 펼쳐져 있었다.

한눈에 담을 수 없이 너른 천지간을 그 때만큼은 담담한 마음으로 물끄러미 바라보았다. 흔들리던 잔 속의 물이 평형을 되찾아 제 높이를 찾아가듯 격했던 감정이 가라앉았다. 무덤덤하게, 적당히 마음의 거리를 둔 시선으로 바라본 풍광이 흥분된 마음에서보다 더 넓고 높고 깊었다.

칸트는 무관심성(disinterestedness) 개념으로, 에드워드 벌로프는 심적 거리(psychical distance)란 용어로, "인간이 세계와 자연을 바라볼 때, 무관심하게, 멀지도 가깝지도 않은 정신적 거리를 유지해야 한다. 그럼으로써 인간은 순수하기 이를 데 없는 희열을 경험하면서, 자연과 인간의 본성을 깨우치게 된다"고 말했다. 그 말처럼, 우리가 평생 만나는 수많은 상황 속에서 각각의 그것과 '적정한 심적 거리'를 유지할 수 있다면 우리의 삶은 훨씬 더 윤택해질는지 모른다. 기쁠 때나 슬플 때, 또 누군가 몹시 밉거나 조그만 마찰에도 분노가 끓어오를 때, 조금만 그 '대상'과 거리를 둘 수 있다면 내 마음은 평평해질 수 있을 것이다. 중용은 말 자체만으로도 내게 어렵다. 방하착放下着, 마음을 내려놓는 것은 더욱 어렵다. 다만 자연과 인간 속에서 그저 담담한 마음 상태를 유지하면 좋겠다. 그럴 수 있다면 내 삶을 참으로 팍팍하게 만드는 것들에서 어느 정도 해방될 수 있지 않을까.

여정에서 마지막으로 오른 파아 산정에서 만난 덤덤한 마음, 찻물처럼 뜨겁지도 차지도 않은 그 담담한 마음, 그 마음을 앞으로의 내 일상에서 오래도록 잊지 않고 간직하고 싶었다.

공중길

파아 산정을 떠나 한 시간쯤 더 가서 바하 반장Baha Bhanyjang에 도착했다. 거기에서 길은 츄상과 차 초 라Cha Cho La로 갈라졌다. 움푹 들어간 지형의 그 곳에는 작은 간이 막사가 하나 세워져 있었다. 겨울이나 악천후에는 물론 평상시에도 현지인들이 쉬어 가거나 유숙하라고 마련해 놓은 곳인데, 그만큼 탕게에서 주변 마을로 이어지는 길이 멀고 험하다는 것을 말해 주는 건물이었다.

막사 위 비탈은 제법 초지가 형성되어 있어 말들을 풀어 주었다. 말들은 푸른 풀을 조금이라도 더 먹으려고 이리저리 옮겨 다녔다. 용케도 맛있는 풀을 골라 먹는 그들은 혓바닥과 이빨로 땅 속 풀까지 캐내다시피 뜯어먹었다. 데짱 콜라 위의 '악몽'을 비롯해서 여러 날 모진 길을 헤치고 무거운 짐을 지고 와 준 말들이 퍽 기특

하고 고마웠다. 그들의 눈, 참 어지간히 순하고 어질어 보였다.

스태프들까지 식사를 마치고 나니 1시가 넘었다. 츄상까지는 아직 예닐곱 시간은 족히 남았다. 자칫 잘못하면 이 날도 야간 트래킹이 되겠다는 생각에 서둘러 다시 길에 올랐다. 길은 해발 4,000미터를 웃도는 지역에서 오르내림을 반복했으나 다행히 큰 경사는 없었다. 그럭저럭 호흡을 조절하며 두 시간 남짓 걸어 어느 산허리를 돌아설 때였다. 참으로 신기한 길이 나타났다.

공중 길!

좌우로 아찔하게 깊이 경사진 협곡 위의 능선에 난, 마치 공중에 떠 있다는 느낌이 드는 길. 이겸과 나는 순간적으로 휘둥그레진 눈을 마주쳤다.

"세상에, 이건 또 무슨 길이랍니까!"

"이거야 참, 무스탕은 정말 잠시도 우리를 가만 두지 않는구먼. 끝까지 말이야!"

그랬다. 여기까지 오도록 우리는 새롭게 모습을 드러내는 무스탕의 변화무쌍한 비경에 끊임없이 놀랐다. 닐기리 봉 옆으로 보이는 다울라기리도 대단한 장관을 과시하고 있었다. 거기에 우주선 모함 같은 모양을 한 구름까지 가세하여 신비로운 절경을 이루고 있었다.

그 때부터 이어진 파아 능선의 '공중 길'은 우리의 혼을 쏙 빼기에 충분한 길이었다. 무스탕에서 가장 인상 깊은 길이라고 아카바드가 한 말이 몇 갑절로 실감났다. 사진을 찍으려고 하는 이겸을 뒤에 두고, 삼툭도 뒤로 한 채 나는 혼자 앞서 나갔다. 높은 고도며 온갖 험한 길에 이미 적응할 만큼 적응한 몸으로 공중 길을 둥둥 떠가듯 걸어갔다.

닐기리, 다울라기리 두 봉우리가 점점 더 크게 다가왔다. 그 사이, 좌우로 길고

파아 능선의 공중 길.

상하로 두텁게 무리진 구름 선단船團이 닐기리 쪽에서 흘러와 다울라기리 허리께로 멋들어지게 항해하고 있었다. 워낙 높은 지대라 내 눈높이와 비슷한 높이로 떠가는 구름에 훌쩍 뛰면 올라탈 수 있을 것 같았다. 저 구름 위에 올라 정처 없이 또 어디론가 갈 순 없을까 하는 실없는 생각을 했다. 그만큼 마음이 몹시 허전했다. 여정이 끝나 가는 것이 너무나 아쉬웠기 때문이었다. 걸음을 멈추고 경사면에 기대어 누웠다. 로만탕 쪽으로 흘러가는 구름 선단 아래로, 지난 여러 날들을 보냈던 고원 협곡이 가뭇가뭇 아스라했다.

이제 츄상으로 내려가면 여정이 거의 끝난다. 산정마다 펄럭이는 룽다는 언제 다시 볼 것인가. 하늘과 구름, 고원 협곡의 천변만화, 남걀의 성스러운 아침, 짜랑의 언덕, 붉은 벽, 바람에 속살거리며 흔들리던 메밀꽃, 어느 처자의 눈동자, 쵸세르의 뜨거운 기운, 삼툭의 경 외는 소리, 아낙들의 노래, 디 가웅의 검은 기둥, 탕게의 밤길, 길 위에 점점이 흩어 놓은 숨결, 그리고 문답……. 그 모두를 언제 다시 만날 것인가.

언젠가는 마침내 평온에 이르기 위해서 너의 세상을 좁히고, 너의 영혼을 단순화하지 말고, 더욱 많은 세계를, 결국은 이 세계 전체를 너의 고통스럽게 확장된 영혼에 받아들여야 할 것이다. 부처를 비롯한 모든 위대한 인간들은 이 길을 걸었다. 어떤 이는 깨닫고 어떤 이는 깨닫지 못한 채 자기가 갈 수 있는 데까지 걸어갔던 것이다.

헤르만 헤세, "황야의 이리" 중에서

많이 앞서 있던 내가 일행을 기다렸다가 다시 움직이기 시작한 것이 오후 4시 반쯤이었다. 삼툭은 여전히 절룩거렸다. 잠시 후 우리는 무려 1,000미터 이상 아래로 곤두박질치는 급경사 길을 내려가야 했다. 오후 6시쯤, 날은 급속히 어두워져 가는데, 길은 결국 촘촘한 등고선을 90도로 가로지르는 자갈투성이 급사면으로 돌변했다. 마지막 고비, 잘 넘겨야 했다. 머리 뒤를 누가 잡아당기는 것 같은 긴장감 속에 손전등 불빛을 더듬었다. 탕게로 가던 밤길은 비교가 되지 않았다. 걸음을 멈추기가 더 힘든 비탈길을 꽤 오래 내려갔지만 도대체 츄상 마을의 불빛은 보이지 않았다. 다시 밤 공기를 울리는 삼툭의 독경 소리를 위안 삼아 한 시간 남짓 구르다시피 하며 내려갔을 때에야 멀리서 마힌바띠(촛불)만한 불빛 한두 개가 보이기 시작했다.

비로소 조금 안심이 되었지만, 그렇다고 길이 끝난 것은 아니어서 계속 긴장을 늦출 수 없었다. S자 커브로 바뀐 내리막은 질기게 굽이를 이어 가며 발걸음을 괴롭히는 가운데, 우리는 어딘가에서 떼땅Tetang 마을과 츄상 쪽으로 가는 길이 갈라지는 곳도 찾아내야 했다. 그런데 내려갈수록 사면이 넓어지고 온통 흙 자갈 천지라 조그만 손전등 두 개로는 갈림길을 제대로 찾기가 여간 어렵지 않았다. 제 길을 가고 있는지 불안하여 가끔씩 경사면에 서서 불빛을 향해 소리쳐 봤지만 허사였다. 불빛은 보기보다 훨씬 더 멀리 떨어져 있었다. 별 도리 없이 우리는 무작정 불빛을 향해 갔다.

흙먼지를 뒤집어쓰며 썰매 타는 듯한 길을 두 시간 남짓 내려갔을까, 마침내 내리막이 끝나고 제대로 된 길이 나타났다! 방향이야 맞든 틀리든, 다리가 불편한 삼툭과 함께 무사히 밤길을 내려온 것만으로도 살았다 싶었다. 크나큰 안도감에, 두 시간 넘게 숨을 참아 온 사람마냥 뜨겁고도 긴 숨을 몇 번이나 내쉬었다.

결국 우리는 한국인으로서는 최초로 로만탕에서 디 가옹, 디 가옹에서 탕게, 탕게에서 파아 산정 그리고 다시 위험하기 짝이 없는 야간 트래킹으로 이어진, 길고 험한 루트를 해냈다. 한국인 최초라는 사실보다 훨씬 의미 있는 것은, 우리가 거쳐 온 그 길들이야말로 무스탕을 빛내는 '보석 루트'라는 점이었다. 무스탕의 진정한 비경은 그 루트 겹겹이, 결결이 갈피져 있었고, 덕분에 그 길을 헤쳐 오며 우리는 참으로 황홀했다.

온몸이 장시간 기합을 받은 듯이 한 군데도 빠짐없이 온통 욱신거렸다. 긴장이 풀린 다리는 평탄한 길로 내려온 뒤에 더 후들거렸다. 사방이 워낙 어두워 츄상 길로 제대로 접어들었는지 몰랐지만, 아무튼 우리 앞에 마을의 모습이 뿌옇게 보이기 시작했다. 츄상이겠거니 하고 걸어가던 때였다. 어둠 속에서 갑자기 말 두 마리가 불쑥 튀어나왔다. 깜짝 놀라 걸음을 멈추고, 자세히 보니 여자 둘이 말 위에 타고 있었고 또 다른 두 여자는 말과 함께 걸어오는 중이었다. 순간적으로 안심이 되긴 했지만, 칠흑 밤길에 놀란 가슴은 쉽게 진정되지 않았다. 그런데, 우리를 가까이에서 마주친 그들이 이겸과 나를 향해 마구 삿대질을 하며 무슨 말인지를 큰소리로 외쳐 댔다. 영문을 몰라 어쩔 줄 모르는 우리에게 삼툭이 다급한 소리로 손전등 불을 빨리 끄라고 했다. 이유도 모른 채로 일단 불을 끄고 나서 까닭을 물었다. 삼툭의 설명을 들으니, 말이 어둠 속에서 손전등 불을 보면 갑자기 미친 듯 날뛰기 때문에 그랬다는 것이었다. 워낙 깜깜한 밤이라서 그럴 수도 있겠다 싶었다. 아무튼 츄상에서부터 올라오는 그들 덕에 우리가 츄상으로 제대로 향하고 있음을 알수 있었다.

츄상 마을 바로 앞, 나르싱 콜라Narsing Khola에 도착했다. 깜깜한 밤에 더욱 까맣게 흐르는 물살이 으스스해 보였다. 시꺼먼 물이 지르는 굉음만으로도 건널 엄두가 나지 않아 쩔쩔매고 있는데, 건너편에서 손전등 불빛과 함께 고함 소리가 들려왔다. 마침 아카바드, 치링, 고딸, 꺼멀다이 모두가 우리를 마중 나온 것이었다. 온갖 난관 끝에 만나 반갑기 그지없는 그들이 가리키는 불빛을 따라 상류 쪽으로 이동했다.

그 곳에 마지막 시험대처럼 나타난 외나무다리! 나중에 알고 보니 큰물에 떠내려 간 것을 우리 여정 중에 다시 놓은 것이었다. 길이가 10여 미터인데 폭이 겨우 30센티미터밖에 안 되는 외나무다리. 아슬아슬하기 짝이 없었지만, 그나마 없었더라면 어쩔 뻔했겠는가. 조심조심하며 건너가 다시 한번 아주 큰 숨을 몰아쉬었다.

그렇게, 장장 열다섯 시간의 기나긴 길이 외나무다리 너머에서 끝이 났다. 뒤돌아 본 경사 길은 어둠 속에 묻혀 한 치도 보이지 않았다.

그로써 우리는 짜랑, 쵸세르, 탕게 길에 이어 네 번째 야간 트래킹을 기록했다. 다소 무모하고 위험했지만, 아무도 가 보지 않은 그 루트를 가기 위해선 피할 수 없었던 것이었다. 다행히 아무 탈 없었고, 결과적으로 스릴 넘치는 드라마틱한 추억을 갖게 되었다.

어디선가 노랫소리가 들려오는 낯익은 마을 길을 지나 상행 길에 점심을 먹었던 로지에 도착했다. 이겸과 나는 활짝 웃으며 손바닥을 마주쳤다.

"수고했다, 겸아!"

"수고했어요, 형!"

짧지만 많은 뜻이 담긴 말을 주고받으며 흙투성이 신발 끈을 풀었다.

아직 카그베니까지의 일정이 남았지만 무스탕 순례는 그 날로 거의 끝난 셈이었다. 만단정회萬端情懷, 온갖 정과 회포가 밤 공기에 녹아 내렸다. 긴장이 완전히 가신 몸과 마음이 흐물흐물 풀어졌다. 이겸과 술잔을 부딪쳤다. 여전히 눈에 삼삼한 '공중 길' 위를 밤늦도록 취해 돌아다녔다. 어쩌면 모든 길이 공중 길이었을지 몰랐다.

기도 하나

다음 날 아침, 이겸과 나는 슬리핑백 속에서 한참을 뭉그적거리며 한담을 주고받았다.

"아무리 생각해도, 그 동안 무슨 드라마를 찍어 온 것 같아. 전원 연출, 전원 주연에, 말 세 마리가 특별 출연한 드라마!"

"어제 파아 길이 특히 그랬어요. 탕게 길도 그랬고. 아무튼 무스탕 최고의 코스인 것 같아요. 이 코스를 트래킹하지 않고는 무스탕을 보았다고 할 수 없겠어요."

"그럼. 어쩌면 우린 트래킹이 아니라 거의 탐험을 한 건지도 몰라."

"아마 우리 말고는 앞으로도 이 루트를 택하는 한국 사람이 거의 없을 걸요."

"그럴지도 모르지. 우리도 오는 동안 몇 번이나 그랬잖아. '어휴, 이 길이 이런 줄 알았다면 우리가 왔을까'라고 말이야."

"어떻든 무사히 넘어와서 정말 다행이에요."

"삼툭이 다리를 조금 저는 것 말고는, 모두가 무사하니 정말 하늘이 도우신 것 같다. 너도 그렇지, 고소증 걸릴까 봐 정말 걱정했는데, 얼마나 다행이냐. 강단이 대단해."

"형님도 그 나이에 참 대단했어요."

"나이라……."

내가 농담 삼아 즐겨 인용하는 오노 요코의 말이 생각났다. "나이 쉰에, 지난 50년은 내 인생의 서막에 불과했다는 사실을 깨달았다. 내 최고의 작품은 더 훗날 만들어질 것이다."

츄상 인근에 있는 데땅 마을의 가옥. 오직 나무와 돌만으로 지어졌다.

우리는 자리에서 일어나 한국에 전화를 하기 위해 커다란 접시 모양의 안테나가 설치된 집을 찾아갔다. 그 깊은 오지에 위성 전화가 있다는 사실이 어쩐지 마음에 들지 않았지만, 어떻든 그 편리한 도구 덕분에 거의 스무 날 만에 아내와 전화로 이

대땅 마을의 처자. 현지인을 만날 때마다 저 눈빛과 표정이 오래도록 계속되기를 바라는 마음 간절했다.

야기할 수 있었다. 무스탕 안에서 걸려 온 전화에 반갑고 놀란 아내는 역시 걱정 일색이었다. 몸도 괜찮고 여정도 좋았다는 말을 꽤 여러 번 되풀이한 후에야 통화를 끝냈다. 카트만두에서 만나고 싶을 만큼 몹시 보고 싶었다.

숙소에 다시 돌아온 우리는 카그베니로 떠날 준비를 했다. 하지만 덤벙덤벙, 짐 꾸리는 손이 자꾸 엇나갔다. 지나온 길에 마음이 자꾸 돌아가, 어물어물 짐을 꾸리

다 말고 로지 베란다로 나갔다. 한낮의 바람이 세차게 불었다. 그 바람을 타고 두터운 구름이 쩰레와 파아 쪽 하늘로 넘어가고 있었다. 바람에 실려, 구름에 얹혀 다시 저 하늘 너머로 가고 싶었다. 벌써부터 그리움 가득한 내 마음. 비어 있는가, 차 있는가……

저는 시방 꼭 탱삐인 항아리 같기도 하고,
또 탱삐인 뜰녘 같기도 하옵니다.
하눌이여 한동안 더 모진 광풍狂風을 제 안에 두시던지,
날로는 몇 마리의 나비를 두시던지,
반쯤 물이 담긴 도가니와 같이 하시던지
마음대로 하소서.
시방 제 속은 꼭 많은 꽃과 향기들이
담겼다가 븨여진 항아리와 같습니다.

서정주, "기도 하나"

싹쓸바람 속에서

짐을 마저 꾸리고 신발 끈을 고쳐 맸다. 로지 밖에서 스태프들부터 서서히 출발하기 시작했고, 늘 그렇듯이 우리와 삼툭, 파상이 뒤를 따랐다. 삼툭의 능숙한 지휘와 기도, 파상의 고운 심성, 아카바드의 기막힌(?) 음식, 고딸다이의 '헌신,' 꺼멀다이의 보이지 않는 열심, 치링다이의 창과 웃음 그리고 기특한 말들. 다시 만나기 힘든 최상의 팀이었다. 계약 관계를 떠나, 순량하고 꾸밈없는 마음을 우리에게 열어 준 맑은 날의 바람 같은 사람들이었다. 그런 그들과 함께할 시간이 점점 끝나 간다는 데에서 오는 진한 아쉬움 속에, 다시 행렬을 이루어 바람 거센 길에 점을 이루며 나아갔다.

그렇게 걷고 걸어 온 터이건만 오르막은 여전히 진저리치게 힘이 들었다. 그래도 걸음의 속도는 훨씬 빨라져 츄상을 떠난 지 얼마 되지 않아 탕베 마을의 수로 옆을 지나갔다. 회색조 마을은 변함없이 바람을 맞고 있었고, 한낮인데도 텅 비어 있는 골목엔 우리가 묵었던 작은 집이 햇빛을 받지 못해 을씨년스러운 모습으로 서 있었다. 그 집에서 만난 기묘한 눈동자의 처자는 지금쯤 어디에 있을까?

마을 바로 아래, 길에 바짝 붙어 흐르는 칼리간타키 강은 여정 첫날에 비해 엄청나게 물이 줄었다. 강바닥을 택하면 카그베니까지 훨씬 빨리 갈 수 있다는 삼툭의 말에 따라 물 위에 드러난 돌들을 밟고 강을 건너갔다.

강을 향해 불룩 튀어나온 어느 산모퉁이를 돌아갔을 때였다. 이 세상에서 가장 맹렬한 바람을 만났다. 내 생애 처음으로 맞는 강력한 바람이었다.

대지를 벗겨 낼 듯, 미친 듯이 부는 싹쓸바람!

강바닥 천지에 이는 광기의 바람, 바람의 광기!

이런 광풍이 불어 댔으니 산이 깎이고 지층이 드러났을 것이다. 풀도 나무도 견뎌 낼 수 없었을 것이다, 생각하며 허리를 잔뜩 굽혀 몸을 ㄷ자로 만들어 걸었다. 몸뚱이를 날려 버릴 듯한 기세로 부는 엄청난 바람. 바람은 이따금 속도를 줄였다가 다시 전속력으로 대지를 훑으며 거대한 먼지무리를 일으켰다. 그들은 해일의 옆모습처럼 떠밀려가다 공중으로 치솟아 올랐다.

바람의 스펙터클, 바람의 독무獨舞. 그 바람이 좋았다. 무작정 좋았다! 말할 수 없이 통쾌했다!

얼굴을 스카프로 꽁꽁 싸매고서 우리는 굴을 뚫듯 바람 속을 헤쳐 나갔다. 무스탕 사람인 삼툭도 파상도 그 바람에는 어쩌지 못했다. 고양이처럼 잔뜩 웅크린 몸으로 바람을 파고 나갔다. 누구를 돌아볼 여력도 없었다. 그저 각자의 힘으로, 각자의 요령으로 돌파하는 수밖에. 이따금 바람을 등지고 서서 숨을 돌려야 했고, 급사면을 오르는 것도 아닌데 헐떡거렸다. 그래도 그 바람이 몹시 좋았다.

소리, 통렬한 바람 소리. 고막을 찢을 듯 울어 대는 바람 소리가 허공을 울리고 허공이 바람에 공명했다. 거대한 허공이 그대로 거대한 소리였다. 그 소리도 좋았다. 어디서도 들은 적 없는 광풍의 소리가 떨 듯이 좋았다.

떼 바람에 솟아오르는 흙먼지 기둥을 본 이겸이 파상과 함께 카메라를 꺼냈다. 나와 삼툭이 그들을 에워싸고 먼지를 최대한 막았다. 카메라를 날려버릴 듯한 바람을 옆으로 받으며 이겸이 힘겹게 셔터를 눌렀다. 광풍의 몸통이 필름에 그득 찼을 것이다.

바람의 힘과 소리에 감각이 거의 마비될 때쯤, 바람을 향해 두 팔을 벌렸다. 다시 나는, 깃발이 되었다. 수만 바람 촉이 정수리에 꽂혔다. 스무 날 낮과 밤의 길, 그 위에 스친 수백 영상들이 번개 치듯 머리 속에서 명멸했다.

강물에서 노는 벌거숭이 아이들.

결국 나로 시작해 나로 돌아온 길.

길 위에서 길을 물었던 순례의 길.

신의 땅, 바람의 땅에서, 내 안의 인간을 찾아 떠났던 길.

그 길에서 충일했던 나는 무량한 바람에 실려, 갈 것이다.

이제 '한 걸음' 떼어, 그들을 향해 갈 것이다.

미움을 향해, 슬픔을 향해, 희망을 향해, 분노를 향해, 질투를 향해, 열정을 향해, 절망을 향해, 그리움을 향해, 용서를 향해.

두 눈 반쯤 내리감고 갈 것이다.

"나의 신기스러운 회복은 참으로 나에게는 재생이었다. 나는 새 하늘 밑에 완전히 온갖 것이 새로워진 가운데 새로운 존재로서 재생하였던 것이다."

앙드레 지드, '지상의 양식' 중에서

미소

물줄기가 하류로 갈수록 점점 불어났다. 다시 길로 들어선 지 얼마 되지 않아, 룽다 날리는 카그베니 언덕에 도착했다.

여정이 끝났다. 싹쓸바람을 대단원으로, 긴 여정이 끝났다. 무스탕 초입의 '아득한 벽'은 변함없이 짙은 영기靈氣를 뿜어 내고 있었다. 불쑥 나타난 십여 마리 소들이 덩그렁 덩그렁 목 방울을 울리며 지나갔다.

종소리. 펄럭이는 룽다.

무스탕 하늘을 향한 내 얼굴에 희미한, 아주 희미한 미소가 번져 나갔다…….

탕베에서, 무스탕 트래킹 시작점이자 종착점인 카그베니로 가는 도중의 칼리간타키 강.

'신神'과의 동행

미움이 '신'이다.

천길 벼랑길이 '신'이다.

마부 아저씨의 헤벌린 웃음이 '신'이다.

검붉은 산협山峽, 쵸세르의 동굴이 '신'이다.

포터들의 무릎이 '신'이다.

대협곡이 '신'이다.

검은 물길, 칼리간타키 강의 굉음이 '신'이다.

절망이 '신'이다.

바람이 '신'이다.

다리 후들거리던 오르막이 '신'이다.

아카바드의 밀가루 반죽이 '신'이다.

탕게의 밤이 '신'이다.

구름 위로 치솟은 히말라야 연봉들이 '신'이다.

분노가 '신'이다.

밤길, 삼툭의 독경 소리가 '신'이다.

먼지 뒤집어쓴 배낭이 '신'이다.

거친 물살 속, 고딸다이의 등이 '신'이다.

겨운 짐에 비뚝거리는 말 무릎이 '신'이다.

파상의 심성이 ‘신’이다.

나그네의 술잔에 발라 준 버터가 ‘신’이다.

손바닥조차 보이지 않는 흑암黑暗이 ‘신’이다.

이름 모를 처자의 눈동자가 ‘신’이다.

청청히 나부끼는 산머리의 룽다가 ‘신’이다.

험로 장정 끝에 얻은 희미한 미소가 ‘신’이다.

무스탕 천공天空.

거기, 모든 형태 속에 ‘신’이 은둔해 있었다.

나는 잠시, ‘신’과 동행했다.

꿈의 구름다리

백경훈

멀고 험한 길이었다.

하지만 몸만 고단하였을 뿐, 마음으로 내딛은 길은 늘 깨어 있었다.

그 길에서 아파했고 또 위로받았다.

지금까지 적지 않은 여행길을 다녔지만, 이처럼 나와 깊숙이 소통했던 길이 또 있었을까.

무스탕으로의 출발점이자 종착점인 카그베니에서 하루를 묵은 이튿날. 바람 길목의 출렁다리를 지나 스무 날 만에 좀솜으로 돌아왔다.

돌아오는 길에서 무스탕 쪽 하늘을 향해 때 없이 시선을 던졌다. 바람에 얹혀 돌아가고 싶어서였다. 다시 산정의 룽다 아래 앉아, 못 다 들은 무스탕 천공의 이야기를 듣고 싶었다.

여정의 끝 무렵에 지나온 길로 되돌아가고 싶은 심정이 그 때처럼 강렬한 것은 처음이었다.

좀솜에 도착한 날, 네팔 전체는 번다(파업) 중이었다. 네팔 반군(마오이스트)이 주도한 그 파업으로 모든 국내선 비행기 운항까지 금지되었다.

아무튼, 그 날 밤, 관례에 따라 스태프들과 함께 마지막을 기념하는 고별 파티를 열었다. 닭도 몇 마리 잡고 남아 있는 부식을 총동원해 제법 푸짐한 식탁을 마련했다. 고마운 마음을 담아 그들에게 일일이 잔을 돌렸다. 정해진 임금 외에 팁을 얹어 주는 것도 잊지 않았다. 주머니 사정이 허락하는 한 푸짐하게 주려고 애썼다.

그 다음 날 하루를 더 어슬렁어슬렁 좀솜에서 체류한 우리는 파업이 풀린 덕분에 9월 4일 포카라로 향했다. 이른 아침에 쌍발식 비행기는 잉크빛 하늘로 박차고 올랐다.

강을 건넜으면 뗏목을 버리라 했던가. 긴 시간 우민憂悶한 나를 실어 날던 철선을 두고, 나는 다시 '신' 들의 비밀 통로를 통과해 세상 안으로 날아왔다.

꿈결 같았던 무스탕에서의 스무 날. 그것은 아마 나와 내 안의 인간을 이어 준 꿈의 구름다리였는지 모른다. 그 위에서 나는 '신'을 만났고, 그리고 하산했다.

살아가는 내내 나는, 그 절절했던 동행同行의 서쪽 하늘을 기억해야 할 것이다.

에필로그

아름다워서 눈물이 나는……

이겸

걷고 또 걷는 내내, 마치 바다 속을 걷고 있는 듯했다. 자외선 가득한 빛은 지상의 모든 물을 날려 버렸으며, 푸석한 갯벌과 모래먼지로 이루어진 산은 깊은 골짜기를 만들고 있었다. 해발 4,300미터의 물 속을 걸었던 셈이다.

거대한 새를 타고 날아든 이방인 앞에 펼쳐진 땅과 하늘은 예상보다 놀라운 것이었다. 고단함이 가중될수록 그 만큼의 감동이 주어지는 여정이었다. 무스탕의 수도 로만탕이 내려다보이는 언덕에 도착했을 때, 서슴없이 머리를 조아려 땅에 붙였다. 그것은 신들을 향한 의식이었고, 의도하지 않은 반응이었다. 쩍쩍! 갈라지며 흐느끼는 룽다 아래 무릎을 꿇고, 예까지 오도록 허락을 내려 준 신들을 향해 손을 모을 수밖에 없었다. 허락을 받은 소수의 인간만이 살고 있는 땅에 들어온 것이다. 로만탕까지 걷고 또 걸으며, 하나하나 문이 열릴 때마다 고이고이 쌓아 두었던 감정들이 한꺼번에 쏟아졌다. 메마른 땅과 죽창 같은 바람, 내리꽂는 태양의 열기를 안고 걸어왔던 시간들의 연속이었다. 마지막 언덕에 무사히 도착한 것에 대한 한없는 고마움으로 고개를 들어 하늘을 올려다보았다. 흙바람 부는 언덕에 누워 올려다본 태양은 순한 아이의 웃음마냥 해 무리를 그려 놓았다.

큰 고비를 넘기고 귀향한 것마냥 들어선 무스탕의 수도, 로만탕의 길. 흙으로 빚어 쌓아올린 담장이 이어지고, 길과 함께 나란히 흐르는 냇물에서 빨래를 하는 여인네들과 눈을 마주친다. 아낙네들의 미소에는 신기함과 호기심이 배어 있다. 본격으로 돌아본 무스탕 왕국의 수도는 그리 크지 않은 규모여서 한두 시간만 돌아보아도 같은 길을 만나게 되어 있다. 7미터 정도의 외성이 둘러쳐져 있고, 성벽 안엔 세 개의 사원과 한 개의 왕궁이 들어서 있다. 성벽을 따라 걸어도 40여 분이 채 되지 않는 규모이다. 이 곳에 머무는 동안 다른 곳에 비해 풍요로움을 지녔다는 것을 느낄 수 있었다. 그리고 또 다른 이방인들을 만나기도 했다. 하지만 물질의 풍요로움이 느껴질 때면 들고 일어나는 생각이 있었다. '더 깊은 곳으로 가자! 지도 속의 로만탕을 확인하러 온 것은 아니잖아!' 라는 소리가 바람을 타고 마음 속에서 불어 왔다.

그렇게 로만탕을 떠났다. 그리고 다시 길을 재촉하여 도착한 디 가웅에서 드디어 무스탕의 속 모습을 보았다. 더불어 이 곳에 온 이유도 발견하게 되었다.

아침 나절 마실 삼아 나선 동네에서 텃밭 하나를 발견했다. 물이 있는 극히 일부 지역에서만 사람이 살 수 있으니, 무스탕에서의 텃밭은 우리의 그것과는 비교가 되지 않을 만큼 중요하다. 코스모스가 하늘거리는 텃밭엔 할머니와 두 명의 여인이 보였다. 그리고 이방인의 눈을 피해 고개를 돌린 아이 두 명이 나중에서야 눈에 들어왔다. 한 아이는 채소밭 사이에 앉아 있었고, 다른 아이는 엄마 등에 업힌 채 숨어 있었다. 첩첩한 모래 언덕으로 둘러싸인 작은 마을, 해가 지기 무섭게 끝없이 차가운 어둠이 내리는 땅, 물이 너무도 귀해 척박하다는 말도 어울리지 않는 곳. 이 깊은 텃밭에서 만난 이들은 너무도 평화롭고 해맑은 모습으로 서로에게 미소를 보내고 있었다. 따뜻한 손길마냥 서로에게 건네는 눈빛이 참으로 아름다웠다. 지켜보는 동안 눈시울이 촉촉해져 왔다.

보는 것만으로도 행복이었다. 그리고 앞에서 벌어지고 있는 상황이 한없이 고마웠다. "무엇을 잃고 살아가고 있는가?"를 단박에 일깨우는 풍경이 펼쳐지고 있었다.

'무스탕에 오게 된 이유는 사진을 찍기 위해서가 아니야! 그럼 도대체 왜 지금 여기에 와 있지?' 여정 내내 누구에게도 말 못하는 시름이었다. 하지만 디 가웅에서 그 답을 얻을 수 있었다.

물질의 양과 풍요로움만으로는 인간을 행복하게 하지 못한다. 기름진 땅에 전쟁이 끊이지 않듯이 풍요로움은 오히려 반대의 결과를 가져오는 경우가 많았다. 하지만 인간들에게서 버림받은 사막과도 같은 땅, 신들이 사는 곳에서 허락을 받아 동거하고 있는 그들은 행복했다. 말라비틀어진 땅에서 어렵사리 피어난 꽃마냥 슬프고도 아름다웠다. 이 방인에게 귀한 마음을 잠시나마 보여 준 꽃들에게 두 손 모아 고마움을 전한다.

두고 온 마음, 두고 온 풍경.

경훈 형님, 삼툭, 고딸, 치링, 파상, 아카바드, 꺼멀, 그리고 이름 모를 세 마리의 말들. 여정을 함께한 식구들이다. 나는 이들에게 마음을 주지 못했다. 일을 핑계 삼아 함께 걸었을 뿐, 진정한 의미에서의 여정의 동반자는 되지 못했다. 그래서였을까? 집으로 돌아와서는 시간이 갈수록 아쉬움과 미안함이 커져만 갔다.

필름을 정리하며 떠올린다. '그 동안 여행하며 가져온 풍경만큼, 두고 온 마음은 얼마나 되는 것일까? 가져온 풍경을 돌려주어야 하지 않을까?'

난생 처음 장비를 나누어 짊어진 사람, 파상! 가장 고생을 많이 한 나의 어린 친구. 고맙네!

현명하게 여정을 이끌어 준 백경훈 형님에게도 깊은 감사를 드린다.

그리고 건강한 마음과 몸을 주신 부모님과, 풍요로운 땅 같은 아내에게도 고마움을 전한다.

옥인동에서.